「お願いだから」

この胸に抱えてる、厄介なプライドや意地。その全部を。

「……壊して、くれ」

基也が息を呑むのが分かった。

目を細めた彼が、由輝を見下ろしている。

ショコラティエの恋の味

藍生 有

LiLiK Label
大誠社リリ文庫

本作品はフィクションです。
実在の人物・団体・事件などには一切関係ありません。

Contents

イラスト／笠井あゆみ

午前十時を告げる音楽が流れ、フロアのざわめきが一瞬だけ静かになる。動き始めたエスカレーターに乗って、本日最初のお客様がやってきた。

「いらっしゃいませ」

清野由輝《せいのよしき》は笑顔で頭を下げる。きっちりと決められた角度で、丁寧に。

開店から十分間は、ずっとこうしてお客様をお迎えする。はじめの頃は何度も眼鏡をずり落としてきた。しかし今は、お手本になるような『ご挨拶《あいさつ》』ができる。

入社してからの七年間、由輝はほぼ毎朝、こうしてお客様にご挨拶をしてきた。

「……いらっしゃいませ」

横で後輩の内村《うちむら》が身動く。頭を上げる時に体が揺れるのが彼の悪い癖だ。挨拶時は何度も注意しているが、一向に改善しない。どうしてこのたった十分間をじっとしていられないのか。

あとでまた注意だな、と思いながら、由輝はもはや習慣となっている笑顔を浮かべて頭を上げた。

『お客様へ真心こめた対応』がここ海藤《かいとう》百貨店のモットーだ。由輝はこの時間しかお客様に接することがないから、より心をこめて頭を下げる。

今週、催事場で行われているのは北海道《ほっかいどう》物産展。こういった催事の売り場フォローや、地下食品フロアの企画が、この店の販売促進課食品係に勤務する由輝の仕事だ。

やはり北海道物産展は人気がある。平日の朝にもかかわらず、あっという間に平常時の数倍の賑《にぎ》わいだ。有名店にはもはや行列もできている。

だがこの決まりきった企画に、この店の独自色はない。どこか物足りなさを覚えるのは、気のせいじゃないはずだ。

ご挨拶の時間を終え、売り場からバックヤードに戻る。その間も、出店中の店の人たちから次々と声をかけられた。

「清野さん、あとでちょっとこっちに寄って。見せたいものがあるから」

「はい、のちほど」

笑顔で答えると、今度は横からも名前を呼ばれる。

「うちもよ。あとこれ、試してみてね」

パックに入った豆大福を渡された。ここはあずき製品が有名なお店だ。

「ありがとうございます」

周囲に人の姿がないのを確認して受け取った。本来ならばロス商品とはいえ売り場で受け取るのは良くないが、ここで拒まないコミュニケーションは大事だと由輝は考えている。お客様に最も接するのは、こうした店の方たちだ。彼らに気持ち良く働いてもらうことで雰囲気は格段とよくなる。

売り場から中へと戻る時は、頭を下げた。

「さすがプリンスは違いますね」

バックヤードに引っ込むと、すぐ後ろにいた内村が感心したように豆大福を見やる。

「やめてくれよ、恥ずかしい」

デパ地下のプリンス、という恥ずかしい名前が由輝にはつきまとっている。

数年前、地下食品フロアの主任だった頃、取材を受けた雑誌に勝手につけられた名前だ。その恥ずかしい名前は瞬く間に社内で広まり、勝手に一人歩きしているらしい。来年三十歳になる男には不似合いな名前だと思うのだが、店内では通用しているようだ。

「そんなことないですよ。今でも清野さん目当てのお客さんやテナントの方がいっぱいいるし」

由輝はなぜか自分より年上の女性に非常に気に入られやすい。よく声をかけられるのは事実だ。しかし目当てと言われるとそれは違うと思う。だが否定するのも面倒だし、無駄話をする気にもなれなかった。

「内村、挨拶は基本だよ。喋《しゃべ》っているようなら、もう一度練習する？」

「ひぇ、もういいです。すみませんでした」

素直なだけがとりえの後輩は、そう言って顔をしかめた。

バックヤード奥の階段を下りたところに、販売促進課がある。雑然としたそのオフィスの入口近くが由輝の席だ。

パックに入った豆大福を机に置いて、ノートパソコンで早速昨日の売上データをチェック。

由輝の一日は、こうして始まる。


「俺にしときなよ」

いつもの台詞《せりふ》を男が口にした。

男の名は副島基也《そえじまもとや》。もっとも、この店で苗字を呼ぶことはない。誰もが彼を基也、と呼ぶ。

「……何度もお断りしてるだろ」

由輝は笑いながら、いつもの答えを返した。

「お買い得なんだけどな」

残念だよ、と基也はグラスを振る。からん、と氷の音がした。

「ホント、基也を振るなんて由輝くらいよ」

カウンターの内側で手をついていたこの店のオーナーが肩を竦《すく》める。

「そうそう。俺もここまで連敗したの生まれて初めて。記録更新中だよ」

基也が下がり気味の目尻に皺《しわ》を浮かべて笑った。

彼は何もかも大作りだ。大きな目、鼻、口、そして手。くせのない今時珍しいほど真っ黒

な髪は、意志の強そうな眉にはらりとかかっている。その下に、くっきりとした二重の目。背が高くがっしりしているのに、威圧感を感じない。ともすれば強面《こわもて》に見えそうな数々のパーツの印象を和《やわ》らげるのは、子供のように輝いている漆黒の瞳のせいだろう。顔立ちが整いすぎていないことが余計に魅力的な、そんな男だ。笑顔は愛嬌に溢《あふ》れているし、人当たりも柔らかく、誰とでもすぐ会話ができる。

「まあ気長に口説くしかないのかな」

呑気《のんき》な口調に、由輝はつい笑ってしまった。黙っていればワイルド系にも見えるのに、基也の口調はいつものんびりとしている。

「そうしてくれ」

たとえ冗談であっても、口説かれるのは気分が良い。特にこの店でも人気がある、こんな男になら。

だが残念なことに、由輝は彼が好みではなかった。由輝の好きなタイプはスマートな大人の男、なのだ。

ここ『KK』は、同性を恋愛対象にする男たちだけが来る店だ。ものすごく淫靡《いんび》な場所かというとそうではない。店の中で誘うことはOKでもそれ以上のことはお断りとなっている。その辺りのルールはきっちりとしていて、客層も比較的落ち着いていた。

今も奥のソファ付近で何か駆け引きが行われているようだが、即物的なやりとりはなさそうだ。

たぶんこの雰囲気は、自分のイニシャルを店名にしたこのオーナーの趣味なのだろう。彼はぱっと見た感じはごく普通の、中年男性だ。

この店は気楽にそして心地よく飲める、由輝には大切な息抜きの場所だった。特に女性ばかりの仕事場からここに来ると、気持ちが落ち着く。決して女性が苦手ということではないのだが、やはりどこか緊張しているのだろう。

ドアが開く。つい気になって視線を投げると、傘を手に二人組が入ってきた。

「それにしても今年は雨が多いね」

「雨はいやよね」

「ホント。うちは結構天気に影響受けるからさ」

ため息をついた基也がしかめっ面になった。由輝より一歳年下の彼は、そんな顔をしてもかわいく見える。得な男だ。

たわいのない話をしながら、時間を確認した。十時だった。夜明けまで営業するここは、平日のこの時間でもほどほどに席が埋まっている。

今日は、これからどうしよう。

由輝の時計を覗《のぞ》きこんだ基也が、あれっ、と目を見開いた。

「もうこんな時間か。由輝さんといると時間忘れちゃうな」

基也が慌てたようにグラスを飲み干した。

「早いな。明日は休みじゃないのか」

彼は確か自分と同じく、水曜日が休みのはずだ。いつもならまだ帰る時間じゃない。

「残念ながら。明日、大きな仕事を受けちゃってるんだ」

立ち上がった彼は、じゃあまた、と由輝の肩を軽く叩いた。ほんのりと甘い香りがする。

近づいた時にだけ分かるそれは、香水ではなく彼にしみついた甘さだ。

ひらひらと手を振って出て行く基也の後ろ姿を見送った。ドアが閉まると、オーナーが由輝に向き直る。

「余計なお世話かもしれないけど」

煙草に火を点《つ》けながらオーナーが言った。

「彼はオススメよ」

「基也のこと？」

「そ。いい男じゃない。それに誠実。適当に遊ぶ性格じゃない」

「みたいだね」

この店で声をかけられている姿を何度か見かけたが、それに応じているのは見たことがない。最近は由輝がここへ来るとすぐ横にやってくるようになっている。

「前の彼に振られた原因、聞いた？」

「そんなこと僕には話さないよ」

そこまで深い話を基也はしていない。この店から一歩外に出たら、もう会わない相手だ。約束だってしたことがない。ただ毎週同じ曜日に、ここで会って戯《たわむ》れのように口説かれ、断るだけの関係だった。

「それもそうね。じゃあ教えちゃう。彼ね、好きになるともうべたべたに甘やかしちゃうんだって。だからうざいって振られたそうよ」

「なるほどね」

なんとなく分かる気がする。この店で話しているだけでも、彼がよく気がつくこと、マメなことは伝わってくる。話題も豊富だ。

初めて彼と会話したのは、由輝がたまたまグラスについた水滴で指を濡らした時だった。基也が横からハンカチを差し出してくれたのだ。

そんなことをされたのは初めてだったから、ついその顔をマジマジと見てしまった。それが一年ほど前だ。その場でオーナーが彼を紹介してくれ、話すようになった。

その数ヶ月後に基也が由輝を口説き始めて、今に至る。ずっと声をかけたくてタイミングを狙っていたのだと教えてくれたのは、更にそれから時が経《た》ってからだった。

最近は彼とのなにげない会話が楽しくて、この店に来ると落ち着く理由のひとつとなっている。

「うざい、か。そんなに甘やかされたことないからなぁ」

思わずぼやいた由輝に、オーナーがため息をついた。

「由輝はもうちょっと、大切にされてもいいと思うけど」

「どういう意味？」

聞き捨てならない台詞に、由輝はずれてもいない眼鏡の位置を直して身を乗り出した。

「だってそんなに美人なのよ」

「そんなことないって」

オーナーは由輝の外見が好みなのか、いつも過剰なほどに褒《ほ》める。けれど由輝は、自分の顔が好きではなかった。

どうみても男らしさに溢れるとは言えない、神経質そうな顔立ちだ。全体的に色素が薄いのは親譲りで、鍛《きた》えても線の細い印象しか与えない体つきは昔からコンプレックスだった。

さほど目が悪くないのにいつも眼鏡をかけるようにしたのは、就職してからだ。一重で冷たく見える目元を少しでも和らげたかった。迷子の対応をして泣かれたことがトラウマになっているのかもしれない。

笑顔は身につけたつもりなのだが、それでも完全に優しい雰囲気にはならない。プリンスというあだ名を素直に喜べないのも、どこか偉そうな印象を受ける響きがあるからだ。

「私が由輝だったら、もう男なんてとっかえひっかえよ」

「意外と一途《いちず》だってこの前言ってましたよ」

「そうだったかしら？」

とぼけたオーナーに笑って、だけどそんな生き方もしたかったな、と思う。

何事にも真面目に向き合うのは、きっと性分だ。とても疲れるけれど、いい加減には生きられない。

「……あの人より、ずっといいと思うけどな」

ぼそっと呟《つぶや》かれ、苦笑してしまった。

「そう、だね」

分かってはいる。だから、別れたんだ。

薄くなったカクテルを飲み干す。由輝が飲んでいたのはミモザだが、炭酸はすっかり抜けていた。

そろそろ帰ろう。席を立ちかけた時に、ドアが開いた。期待もなく、反射的に顔を向ける。

ちょうど話題にのぼったあの人、が入ってくる。夏でもきっちりと着込んだスーツの、見慣れたシルエット。

彼は由輝の隣に、当たり前のように座った。そしていつものカクテル、スティンガーを注文する。

「待たせたかな」

邪魔そうに、少し長めの前髪をかきあげた。覚えがある香水のにおい。少しきつく感じるのは、湿度が高いせいか。

「約束してないよ」

けれど期待はしていた。だから由輝はここにいる。

もう一杯、と同じカクテルを注文した。

グラスが来るまでは無言だった。ボリュームを抑えた音楽が、はっきりと聞こえるほど。お互いにグラスを受け取ると、じゃあ、と言われる。でも乾杯はしなかった。

「冷たいじゃないか」

唇の端だけを上げて笑うくせ。グラスの底に小指をひっかけること。はらりと落ちる前髪。どれも見慣れている。それなのに、どうしようもなく胸が高鳴る。それを隠したくて、顔を背けた。

遊び慣れた風でスマートな外見は、年齢を重ねても変わらない。

「当然だろ。僕たちは付き合っているわけじゃないんだから」

彼、原祐一《はらゆういち》は由輝の恋人だった。進行形ではなく過去形だ。

「そうだったな」

わざとらしく肩を竦めた彼の左手の薬指には、指輪が嵌《は》められている。シンプルなプラチナのそれは、もうすっかりそこが定位置だ。

それも当然か。二年もの間ずっとそこにつけられているのだから。

「由輝」

グラスを持つ手に、祐一の手が重ねられる。

「今夜はどうかな」

真っ直ぐに見つめられる。ストレートな誘いに、視線を逸《そ》らす。

「不倫はお断りだ」

家に帰れば、彼の帰りを待つ人がいる。だから誘いにはのらない。それくらいのモラルはあった。

「じゃあ、家に寄るだけは？　何もしない。誓うよ」

「信用できないな」

曇ってもいない眼鏡を外して、ハンカチで丁寧に拭う。

大学のサークルで原と出会ったことが、由輝の人生の大きな転機だった。

何も知らなかった由輝に、すべてを教えたのが彼だ。この店も、彼から紹介されて通うようになった。由輝にとって、原は特別な男だ。

そんな彼と密室で二人きりになって、どうにもならないわけがない。由輝は原だけでなく、自分を信用していなかった。

だって、誰かの体温に餓《う》えているのは、哀しいけれど事実なのだ。だから一度唇を重ねてしまえば、きっとそれ以上を望んでしまう。絶対に止まらなくなる。

「強情だな」

肩に手がかかる。引き寄せられ、耳元に甘く囁かれて震えが走った。

「そんなところも好きなんだけど」

包み込むような響きに流されないようにするのには、随分《ずいぶん》と理性が必要だった。

「言う相手を間違えてるよ。――ところで、最近、忙しいの？」

とてもさりげないとはいえない強引さで、話題を変えた。

この半年ほど、原がここに来る回数は減っている。重ねられた手を外し、由輝は頬杖をついた。

「そうだな。人が減らされているのに仕事は減らないから、負荷は増えてる」

原は証券会社に勤めていた。結婚したのは世間体のためと説明されている。詳しい仕事内容は知らないけれど、社内の雰囲気として一度くらいは結婚しないとまずいものだと聞いた。比較的独身が多い業界で働いている由輝には、今でもその辺りがよく分からない。

原の結婚式には出席した。学生時代の友人として、スピーチだってした。彼が相手に選んだのは人目を引く美人で、同僚だった。

三年間。それだけ我慢してくれ。それだけ経ったら別れて、お前の許に戻るから。

結婚を決めたと報告を受けた夜、原は由輝にそう言った。そんな都合のよすぎる言葉を信じて待っているつもりはない、のだけれど。

原と別れてから、由輝は恋人も作らずにずっと一人でいる。その間に今の部署に異動し、仕事で気分を紛らわせてきた。

男は原しか知らない。知りたいとも思っていない。好きになったら重たい男だという自覚はある。だってこうして、やましいことはないとはいえ、会うのをやめられないのだ。

かちっ、と金属音がした。原がジッポで煙草に火を点けている。

パッケージのデザインが変わったのだな、とその箱を見て知った。自分が吸わない上に喫煙者が身近にいないと、そんなことにさえ気がつかないものなのか。

「由輝」

目を眇《すが》めた原は、由輝の膝に手を置く。

「俺のこと好き?」

傲慢《ごうまん》な確認だった。煙が目にしみる。

「なんでそんなことを聞くのかな」

心の中で勝手に頷《うなず》く自分がいる。まだ好きだ、と。その声も、指も、何もかも忘れてはいないのだと。

けれど、口にはしない。別れた男にそんなこと言えない。彼には奥さんがいる。

「お前が待っていてくれるか、不安だから」

いつも自信に溢れ堂々として強引なくせに、こんな時ばかり不安そうに話しかけてくる。原は卑怯《ひきょう》な男だ。

「もう待たないかもよ」

これじゃあ待っているみたいな言い方だ。自分の答えに目眩《めまい》を覚えた。きっと飲みすぎだ。

「それは困る」

原は由輝の手を掴んだ。大きな手は、記憶の中のものよりかさついていた。

「待っていてくれる、約束だろ」

そんな約束をした覚えはない。そう言いたい。けれど約束の証《あかし》、と原がくれたものを、由輝はまだ部屋に持っていた。

「そんな約束だったかな」

はぐらかそうとしたのに、声が震える。

「忘れたふりか」

本当は忘れたことなんてない。あと一年。心の中でのカウントダウンは、今も続いている。

「淋しいな。俺はずっと、由輝が好きなのに」

甘い言葉に酔わされるのは、それだけ餓えているからだろうか。付き合っていた頃はこんな睦言《むつごと》を囁いてもくれなかったくせにと、責めたくてもできやしない。

触れたい。抱きしめて、抱きしめられたい。

溢れそうな想いに蓋をするのは大変だった。

「黙るなよ」

原は残酷すぎるほど優しく、話しかけてくる。期待させるように、そして自分は悪くないと、アピールするかのように。


翌朝、由輝はいつもと同じ時間に目を覚ました。休みだというのにもったいない。七時半に起きてもすることがないのにとぼやきながらも、二度寝できずにベッドを出る。

トーストにジャムを塗り、一杯の紅茶を飲んだ。同じことの繰り返し。仕事がある時はそろそろ食べ終えて、歯を磨《みが》く頃だ。

だけど今日は、そんなに急ぐ必要はない。それがかえって、心をささくれさせる。

原はどうしているのだろう。そう考えてしまうのは、彼と付き合っていた時に使っていたカップで紅茶を飲んでいるせいだろうか。

別になんてことのないカップだ。何かの景品で貰ったそれは、いつの間にか原専用になっていた。

欠けたりすれば捨てられる。そう思って毎日使うけれど、丈夫なそれは模様がかすれただけで、壊れもしない。

外は雨が降っていた。いやな天気だ。雨の日は洋菓子の売上が落ちる。特に生ケーキの類は、傘を差して持つのが面倒だから半減だ。

今は洋菓子の担当ではないのに、そんなことを考えてしまってからため息をつく。じとじとした梅雨から夏にかけてが、由輝は苦手だった。どうにも気が滅入《めい》る。しかももてあます時間は、一人で過ごすしかない。

気晴らしにとテレビを点けた。興味のないタレントの離婚の話題をぼんやりと眺める。離婚の原因は男の浮気。よくある話だがつい見てしまう。そして原に当て嵌めて考えたり、する。

どんな理由をつけて別れるつもりなんだろう。彼は詳しいことを話してはくれないし、待っていると思われるのがいやで聞いていない。由輝にできるのは、ただ、三年という区切りを待つだけだ。

こんな生活で、いいのだろうか。好きな男が離婚するのを待つ生活、なんて愛人そのものだ。

ため息をついては思い出す。原といた頃は、もっと毎日が楽しかったと。

仕事も、プライベートも、何もかもが充実していた。それに比べて今は、この天気のようにぐずぐずとしている。

由輝が自分のセクシャリティを認識したのは、高校時代だ。魅力を感じたのが、同じ陸上部に所属していた先輩だった。

背が高く、ほどよく鍛え上げられた筋肉を纏《まと》った彼は、優しい先輩だった。よくストレッチを共にする機会があったが、先輩の手が背中に置かれる度に、由輝はどうしようもないむず痒さを覚えた。

なんだかよく分からない、もやもやとした気持ちを抱えていたある日、練習中に先輩から腕の振り方が悪いと指摘された。

「こうするんだ」

後ろから抱きかかえられ、フォームを修正される。だが耳にかかる息に、由輝は立っていることさえやっとの状態になった。

その時、由輝は欲情していた。初めて強烈に欲望を掻き立てられ、とにかく体を駆け回る熱をどうにかして鎮めなければと必死だった。折角《せっかく》先輩が教えてくれたのに、何も頭に残らなかった。

けれどそれから先輩と特に何かあったわけじゃない。だから由輝はこれが思春期の迷いだと思っていた。

女性と付き合ったこともある。それはそれで楽しかったけれど、別にいなくても構わない、そんな存在にすぎなかった。去られて追うような相手は誰もいなかった。

　そして大学で、由輝は原に出会ってしまう。大学付属の中学から内部進学してきた原は、由輝の知らない世界で生きている男だった。きっと必修の授業で席が隣にならなければ、友達にすらならなかっただろう。それくらい、接点がなかった。

　始まりはノートを貸したことからだ。サンキュ、と端整な顔を崩さずに笑う原は、由輝の目にひどく大人に映った。

　会話をするようになり、原は上昇志向が強く、好き嫌いが分かれるタイプの性格だと分かった。とにかくリーダータイプで、人の先頭に立つのが好きだった。

　これまで周囲にいなかったタイプの男に、惹《ひ》かれるのは早かった。けれどこれを恋する気持ちに分類するには、由輝の経験値は足りなすぎた。友情と区別がつかない中、ただ彼と共に過ごしたいと願った。

　原と一緒にいることで、由輝はいろんなことを覚えた。友人も増えた。毎日が楽しかった。

　初めて寝たのは、雨の夜だった。

　由輝の家に遊びに来ていた原は、雨が降って帰るのが面倒になったから泊まると言った。別に構わない、といつもの延長のつもりで由輝は答えた。一人暮らしの由輝の家は学校に近く、当時は友人が泊まることも少なくなかったからだ。

　この日は、原と二人きりだった。窓を閉めていたから、空気がこもっていた。寝ていたのは狭いロフトの上だ。電気を消してしまうと、すぐ近くに息遣いを感じた。

原が隣で寝ている。どきどきして、眠れそうにない。

そこで由輝はやっと、気がついたのだ。原のことを、友人としてではなく、恋愛対象として好きなことに。

気がつくと体が熱くなって、寝返りを打つようにして距離を空けた。けれど背を向けても、気になるものは仕方がない。

そして。

「由輝」

手が伸びてきた。起きてるんだろ、と確認されて、暗闇なのにうんうんと何度も頷く。

「俺、ずっとお前のことが気になってたんだ」

肩に原の手がかかる。言葉を理解できないまま、後ろからすっぽりと抱きこまれた時、由輝が感じたのは安心、だった。

こうされるのが好きなんだ。誰かを抱きしめるのではなく、抱きしめられたい。それは自分が求めるものの正体を知った瞬間でもあった。

「こういうの、いやか?」

首筋に唇が押し当てられる。伸ばしていた原の髪が、肌に触れた。

「……いやじゃない」

いやなはずがない。だって好きな男が触れているのだから。

「じゃあ、いい？」

肩から腕、腰、と手が這う。丁寧な指先に徐々に力がこもる頃、唇は重なっていた。蹂躙《じゅうりん》するかのように舌が口内を暴れまわる。あっという間に服を脱がされ、開かされた足の間で、原は躊躇《ちゅうちょ》なく由輝の欲望を掴んだ。

指で扱《しご》く、直接的な動き。同性だからこそ分かるポイントを確実に刺激して、あっという間にはしたないほど濡れた。

「気持ちよさそうだな」

「……っ、やだ」

不意に恥ずかしさがこみあげて、腕で顔を覆う。今きっと、とんでもなく蕩《とろ》けた顔をしていたと気がついたら、羞恥で泣きそうだった。

「恥ずかしがるなよ」

くすりと笑われた、次の瞬間だった。

「あっ！」

濡れた感触を感じ、おそるおそる下肢を見る。原が由輝の屹立をゆっくり呑みこんでいくところだった。初めての経験だった。目の前のいやらしい光景に目を疑う。信じられない。食べられる、そう思った。

そのまま喉奥まで含まれて、舌が形を辿り始める。腰が抜けそうになって慌てても、どうにもできなかった。

「ああっ」

腰を揺らすと、更に強く吸われた。粘膜に包まれる。視界が歪む。気持ち良いのかどうかもよく分からない。

腰の辺りに沈み込んだ髪が揺れていた。あたたかく濡れた口内は、我を忘れるほどの快感を教えた。

ただもう声をあげ続けるしかない世界へと、引きずり込まれる。夢中だった。とんでもない声が出そうなのを、枕を噛んで耐えた。

「……力、抜いてろ」

原がそう言って、中に入ってきたのは覚えている。体の奥を開かれる強烈な違和感と痛み。だがそれはすぐに、快楽に負けた。

気持ちよかった。信じられないほど奥にある場所と前を擦られると、堪《こら》えきれず何度も放出した。最後にはもう勢いすらなく、それでも快楽だけは感じてのぼりつめた。

だけどなにより興奮したのは、自分の上で荒い息を吐き、辛そうにも見える顔で腰を振る、原の姿だった。彼のものが最奥に放たれた瞬間に、そのどくどくとした迸《ほとばし》りに満たされた。

幸せだった。痛みなんてどうでもよかった。

それから毎日のようにケダモノのようなセックスをした。学校やバイトの帰り、原は由輝の家に来るのが当たり前になった。

快楽を知らなかった由輝は、あっという間に溺《おぼ》れた。どこでも求められれば応じ、なんでもした。かなりの痴態《ちたい》をみせた記憶がある。

大学卒業後、平日休みの由輝と土日が休みの原では会う時間が減った。たまに休みが重なると、由輝の家に泊まって自堕落《じだらく》に過ごすだけだった。

それでも仕事が楽しかったから、メールのやりとりでも充分やっていけた。将来のことは漠然としか考えてなかった。

ずっとこのままの生活が続くとなんの理由もなく信じていた、自分はどれほど愚かだったのだろう。

結婚する、と切り出された時のことはよく覚えている。いつものように抱きあって眠り、目を覚ました朝、このダイニングテーブルで言われた。

「結婚?」

固まった由輝に、紅茶を飲みながら原が笑う。

「そう。三年も結婚していれば充分かな。あとはバツイチでもう結婚がいやなんだと思われるだろ」

いい案だろ、と言わんばかりの口調だった。だが由輝にとっては、目の前が真っ暗になるような宣告だ。

「……相手は？」

搾《しぼ》り出せた質問は、それだけだった。

「同僚でさ。割り切って付き合える感じだよ」

そして平気な顔で、今度紹介する、と原は続けた。

なんて紹介するんだ。友達？　こんなに付き合ってきて？

何も感じてないような顔をして紅茶を口に含んだ。けれど味は分からない。ただ生温《なまぬる》い液体が、喉を通っていくだけだ。

「お前、俺のこと好きだろ？　それなら少しくらい平気だよな」

原はいつもこうだ。由輝に否定されることをまったく考えていない。

「たまには会えるし、お前のところなら泊まってもいけるからさ」

だけどさすがに由輝も、この身勝手な行動を受け止めることはできなかった。

結婚している男と付き合うなんて不道徳だし、妻となる人にも失礼だ。

だが原のいない生活は想像がつかない。怖い。けれど少しの間でも自分を捨てようとする男に、縋《すが》ることもできない。

迷った末に口を開く。

「別れよう」

由輝から切り出したのは、せめてものプライドだった。誰かと共に生活する原を見たくなかった。そしてなにより、なんの相談もなくそんなことを決められたことが、悔しかった。だが何事も都合の言いように物事を解釈する原は、拍子抜けするほどあっさりと頷いた。

「分かった。じゃあ三年、別れていよう」

自分が悪くないと信じている、いつもと変わらない様子に目眩がした。ずっと付き合ってきた恋人を苦しめている自覚なんてきっと彼には微塵《みじん》もない。前向きさは彼の魅力のひとつだが、これは行きすぎている。

「三年間、待っててくれよ」

由輝は答えなかった。約束なんてできないほど、混乱していた。

「――じゃあこれ、置いていくから」

着替えやら歯ブラシやら、とにかく原のものを無理矢理に詰め込んだ紙袋を手に帰る時、彼は無造作に腕時計を外した。それは彼が珍しくずっと大切にしていたものだった。

「なんで」

そんなものいらない。拒んだ由輝を無視し、原は腕時計を靴箱の上に置く。

「約束、だから。三年後に取りに来る。それまで待っててくれ」

身勝手な男だ。だがそのまま原のキスを受け入れた自分は、馬鹿としか言いようがない。原がどこまでも自己中心的な性格だと、心の底から分かった。振り回されて、結局傷つくのは自分だということも。

早くこんな男を忘れよう。約束なんてしていない。原が閉めたドアに由輝は誓った。

だけど、その日からまだ、由輝は踏み出せずにいる。

「清野、ちょっといいか」

由輝が手堅く目標に到達した北海道物産展の売上を確認していると、課長に手招きされた。

「はい」

なんでしょう、と書類が山積の机の横へ行く。

「秋のスイーツフェアのことなんだが」

「はい」

催事の企画という仕事は、いつも季節を先取りする必要がある。そのせいで由輝の季節感はずれっぱなしだ。

秋のスイーツフェアは、店舗独自で計画するフェアのひとつだ。本部から指示されて行う全社的なものではなく、各店舗がそれぞれ自分たちで地域性に合わせて企画を立てて行う。その内、食品は秋がメインで、一週間にわたって催事場を使って行うことになっていた。

今年は大人路線でいこう、と既《すで》に決まっている。出店してもらう店もほぼ決まっていた。

「うちの地下に出店されているお店だけじゃ、目玉がないと思わないか」

その企画の責任者でもある課長が口にしたのは、会議でも話題になった点だ。前から由輝も気にはなっていた。

「正直にお答えすると、思います」

「そうだろう。全主の視点で考えるとそうだよな」

全主というのは社内でしか通じない隠語でお客様のことだ。由輝は「お客様」という響きの方が好きなのだが、社内ではそう呼ぶ。

「はい。特に最近のスイーツブームのおかげで、皆様の商品を選ぶ基準が高くなってきていますから」

既存のお店だけでは、この近辺の店と差別化が図れない。今地下にある店だけでは、フェアをやる意味がないのではと由輝は考えていた。そうやって惰性《だせい》で続けていくのは、誰の利益にもならない。

「まったくだ。そこで、だ。今回のフェアについて、君に任せたいと思っていることがある」

「僕に、ですか」

「そうだ。責任者は私だが、企画の段階から新しいことを考えてみて欲しい」

想像もしていなかった話に面食らう。今年も課長の指示の下、各種の手配や調整をすることが仕事だと思っていた。去年のように。

「やってくれるね」

「はい、もちろんです」

珍しい話だなと思いつつ引き受ける。由輝はまだ係長で、そこまでのことを任せてもらう職位ではなかった。

課長が、では、と続けた
「目玉となるお店を探して、出店要請をしてもらいたい。たとえばこれまでうちはおろか他店にも出展していない話題の店だ」

まだまだたくさんあるだろう、と簡単に言ってくれる。参考にと渡されたのは、女性誌のスイーツ特集だ。

「分かりました。とにかくやってみます」

「頼んだよ」

早速席へと戻ろうとしたら、そうそう、と引き止められた。

「これが成功したら、私は君を商品本部に推薦したいと思っているんだ」

「本部というと」

「商品本部の食品部だ。興味はないか」

「……もちろん、あります」

それは全国展開される食品のバイヤーになる、ということだ。海藤百貨店で食品に関わる以上、その仕事に憧《あこが》れない人間なんていない。自分が選んだ商品が、全国の店舗で扱われるようになるのだから。

「若手が必要と声がかかっている。他店を見ても、君が一番だと私は思う。あとは実績だ」

実績。売り場が長かった由輝は、今の職場で大きな仕事を手がけてはいなかった。今までやってきた流れを引き継いできただけで、失敗はしていないがアピールするポイントも少ない。

「このフェアで、何かインパクトがあるものを出して欲しい。条件はフリー、相談に乗る。とにかく話題になる店を見つけてこい」

フリー。スペースの利用料等がゼロでもいいという破格の待遇だ。つまりはそれだけの話題を持った店を連れてこいという意味でもある。

「分かりました」

「時間がなくて申し訳ないが頑張れよ。何かあったら相談してくれ」

「はい。早速動いてみます」

カレンダーを見た。今は六月。フェアまでは三ヶ月しかない。

確かに急な話だ。二ヶ月前には出店店舗のレイアウトを決めなければならないから、逆算すると今月中には目星をつけて交渉を開始する必要がある。

抜け目のない課長のことだからきっとどこかに保険はかけているだろう。それでもやはり、新しい店を見つけたい。

そこまでを頭の中で計算して、由輝は席に着いた。

ずっと声をかけたかった店はある。どこの百貨店にも出店していない、話題の店だ。

断られる可能性が高いけれど、声をかけてみようか。受話器を手に取る。

――だがもしも彼が、公私混同をするような男だとしたら。

思わず手にしていた受話器を置いた。この電話が、今の由輝の環境を壊すかもしれない。

いい方向にではなく、悪い方向に。こちらの正体を明かすのだから当然のことだ。その可能性は考慮しなくてはならない。

それでも、仕事としてなら、やはり彼に声をかけないわけにはいかなかった。あの店に、できるならば出店してもらいたい。

悩みながらも由輝は、再び受話器を取った。


約束の時間十分前に、由輝はその店に着いた。

駅から少し離れた、住宅街ともいえそうな場所に店はあった。駐車場も広く、一見するとフレンチレストランのような趣《おもむき》だ。

滲《にじ》んだ汗を拭う。気温も湿度も、かなり高くなってきている。

それなのに、このショコラ専門店は混雑していた。チョコレートが溶けやすいこの季節でも売れるとなると、やはりそれだけ人気があるということだ。

女性ばかりの店内に入るのは気が引ける。けれどこれも仕事だ、と言い聞かせてドアを開けた。

約束している旨を愛想の良い女性スタッフに伝え、待つ間にさりげなく客層をチェックした。

各世代に偏《かたよ》りはなく、こういった店には珍しいほど高齢の女性が多い。併設したカフェにできた行列には、男性の姿もある。

袋を手にした人たちはみな嬉しそうだ。カフェで会計を済ませた人も、持ち帰る商品があるのか紙袋を手にしている。

「すごいな」

思わず呟いてしまったのは、ショーケースに見事なまでに飾られたショコラが目に入ったからだ。

これまでたくさんのお店を回ってきたが、ここまで印象的なディスプレイは初めてだった。

ヨーロッパの高級ショコラティエをイメージしているのだろう。安っぽさは徹底的に排除されている。一口で食べられるチョコレートを意味するボンボン・ショコラが、まるで宝石のように並べられていた。

味わって楽しむだけのものから、見て味わうものへ。感覚に訴える、さまざまなフレーズが浮かんでは消える。

観察していると、一人あたりの単価も予想以上だった。

残念ながら、由輝はこの店のガトーショコラしか食べたことがない。評判になった時に買ってきてもらったのだが、初めて食べた時は驚いた。さっくりとした表面にしっとりとした内側の組み合わせは抜群で、甘くほろ苦い味はこれまで食べたことがないほど上品で洗練されている。

また食べたいと思っていたのだが、由輝の休みと店の定休日が重なっていてなかなか買えなかった。それがなくとも、店に来るのには勇気が必要だった。ここは彼に会う可能性が高すぎる。

とにかく、今日は折角来たのだから、帰りにガトーショコラとボンボン・ショコラを買って帰ろう。心に決めたところで、奥へと通された。

「――おまたせしました」

整理された事務所に通された由輝は、目的の人物であるオーナーが来ると同時に立ち上がった。

「お忙しいところありがとうございます」

チョコレートが飛び散る白いコックコート姿の彼は、由輝の顔を確認して立ち尽くした。

「由輝さん……？」

「こんな風に顔を合わせるのは初めてだね」

目を見開いたまま固まっているのは、基也だった。彼がここ、『ショコラティエ・ソエジマ』のオーナーなのだ。

『KK』で顔と名前は知っている程度だった基也が、注目の若手ショコラティエだと由輝が知ったきっかけは、偶然見た雑誌だった。その時は既に彼が作ったガトーショコラを食べたことがあったので、あの繊細な味をあの若い男が作ったとは信じられなかった。

実家は有名なフランス料理店。高校卒業後に渡仏し、高名なショコラティエで修行を積んでから帰国した。独立したのは数年前だが、あっという間に雑誌のスイーツ特集では必ず取り上げられる有名店へと成長している。そこまでは調べてきた。

「海藤百貨店の清野、なんて言うから分からなかったよ」

笑うと目尻が下がる。優しそうな顔には、けれどまだ驚いた名残《なごり》のように戸惑いが残っていた。

「驚かせるつもりはなかったんだけど」

名刺を差し出す。しげしげと基也が眺めた。それもそのはず、由輝は彼に今、初めてフル

ネームを教えた。

「あらためまして。海藤百貨店の清野です」

「副島です。ええっと、こちらを」

取り出された名刺は黒字に金の箔押《はくお》しで、ショップカードのように豪華なものだった。

『ショコラティエ・ソエジマ』代表、副島基也と書かれている。

「まあ座ってください」

「では失礼します」

ソファに腰を下ろす。その瞬間から、頭を意識的にビジネスへ切り替えた。

長い手足をもてあますように基也が座る。いつも戯れの会話をする相手と、こんな風に向き合うなんて不思議な感じがした。

課長の指示を受けた時、由輝が真っ先に思い浮かべたのはこの店だった。ただ、自分の正体を明かすことには躊躇《ためら》いがあった。あの店で会うだけの関係の男に、勤務先やフルネームを教えることは危険な気がしていたのだ。

それでもここに来たのは、彼が作るものに興味があったからに他ならない。

「仕事の話をさせてもらいます」

それでも今日、ここへ一人で来た。余計なことを喋られても困らないようにと考えてのことだ。どうしても打算的になってしまう自分を嫌悪しつつ、基也と向き合う。

「どうぞ」

まずは企画書と去年の実績を並べ、フェアの説明を始める。目玉の企画としたいこと、条件はできる限りそちらに合わせること、など。とりあえずの概要だ。

「うちを目玉に？　大丈夫かな」

仕事絡みとなると、基也の表情は真剣で引きしまったものになる。腕を組んだ彼に、もちろんです、と声をかけた。

「副島さんのショコラを食べてみたい方はたくさんいらっしゃいます。間違いありません」

「あ、はい」

由輝が身を乗り出した分だけ、基也は体を引いてしまった。

「ぜひ弊社《へいしゃ》に、そのお手伝いをさせてください。よろしくお願いします」

言ってから、自分のテンションの高さに驚いた。ちょっと先走りすぎたと気がついても、もう遅い。

基也は戸惑いを隠せていない顔を伏せ、口元を手で覆った。

「あ、ありがとう、ございます」

「いえ、本当のことですから……」

お互いに声が上ずっている。どちらも緊張しているから、会話が途切《とぎ》れがちだ。これはまずいと口を開こうとした時、基也が顔を上げた。

「お話は分かりました。……少しお待ちください」

立ち上がった基也が、すぐに皿を手に戻ってくる。シェル型の白い皿に盛られていたのは、数粒のショコラだった。

「うちのメイン商品、ボンボン・ショコラの詰め合わせです」

一粒から買える、この店のメイン商品だ。白い皿の上、こげ茶のコントラストが美しい。

「お願いがあります」

由輝の目の前に、皿が置かれた。

「これを食べてみてもらえませんか。うちの商品をどう思っているのか、率直な感想を教えてください」

「はい。では、いただきます」

由輝はその中から楕円型のものをひとつ、手に取った。

女性でも一口で食べられる大きさのショコラは、恐ろしいほどの手間をかけた一種の芸術品だ。食べてしまうのがもったいないほど。

じっと見られているのが分かったが、気がつかないふりをして一口、かじる。

口の中に広がったのは、香ばしいナッツの味だ。自分で作った断面を確認し、二口目で本来の味と余韻を確認する。

舌の上に残ったナッツの食感と優しいミルクチョコレートがお互いを高め、幸せな気分にさせてくれる。

おいしい。まろやかな味は想像以上だ。

じっと見ていた基也の真剣な表情が、不意に柔らかなものに変わっていく。

「もうひとつどうぞ」

言われるまま手に取ったのは、丸いトリュフだ。

最初の一口で、びっくりするほどとろみのあるものがこぼれそうに感じた。慌てて残りを口に入れると、深い味わいがいっぱいに広がる。

中は生クリームとチョコレートで作る、ガナッシュだった。たぶんこの風味はコニャックだ。ビターチョコレートに包まれたガナッシュにしつこさはなく、舌の上で蕩けてしまう。

だが溶けてしまっても、まだ口の中に濃厚な余韻が残る。これまで口にしたことがないような、大人の味だった。

指についたパウダーももったいなくて、見えないように舐《な》め取った。

「うん、分かりました」

小さく頷いた基也が、手を拭く紙をくれる。受け取って拭った指は、しかし汚れてはいなかった。

すごい。ここまでのものだとは思わなかった。これならこんな暑い時季に並んででも買う気持ちが分かる。

「今回の件、引き受けます」

基也のあっさりとした返事に、面食らったのは由輝の方だ。

「そんな簡単に決めていいのか？」

もう少し考えるとか、条件を聞き出すとか。交渉とはそういうものじゃないのか。思わず口調が砕けたものになった。

「いいです。一度やってみたかったことだし、今回のお話はこちらとしても好条件だと分かっています」

けれど、これまでどこの百貨店も断ってきたはずだ。あまりに話が早くて訝《いぶか》る由輝に気がついたのか、ええっと、と基也が説明をしてくれる。

「別にうちは出店を拒否しているわけではないんです。ただこれまでは担当者の人と合わなかっただけで。俺の感覚には今まで誰も合わなくて、……不合格でした」

担当者と、合わない。ということは。

「じゃあ僕は合格？」

「ええ、初めての合格者です」

よく分からない展開に、由輝は戸惑いながらも身を乗り出していた。

「理由を聞いてもいい？」

更に口調が砕けたのは、仕事とは別のところでその理由を知りたかったからだ。

「内緒にしてくれるならいいよ」

他のお店には、と唇に指を押し当てる。もちろん、と頷くことで約束した。

「二口で食べたから、です」

基也が皿のトリュフを一粒つまんだ。目の高さまで持ち上げる。

「折角作ったものだし、特に出店依頼で来てくれるなら、ちゃんと食べて欲しい。でもみんな、適当に一口で放り込むだけでした」

こんな風に、と手にした一粒を無造作に口に入れた。ごく普通の食べ方だ。

「でも由輝さんは、ちゃんと確認しながら味わって食べてくれた。さすがだな、って思ったよ」

なんでそんなに嬉しそうに褒められるのかよく分からない状況だけど、くすぐったい気持ちになって笑ってしまう。

「大切にも食べて欲しいし、商品としてもきっちり判断してもらいたい。由輝さんは、それをしてくれた」

だからだよ、と基也が真っ直ぐに由輝を見る。

「正直に言うと、別に店をすごく大きくしたいとか、そういう野望はないんです」

あっという間にここまでになった店のことを、基也は簡単に言い切る。

「チョコレートだショコラだなんて、難しいことはいいんです。俺はただおいしいチョコレートを、みんなに食べてもらいたい。仕事に疲れた時とか、いやなことがあった時とかに、口にしただけで笑顔になるようなチョコレートが作りたい。それだけです」

本来のお菓子ってそういうものだと思うと笑った彼は、プロフェッショナルな男の顔をしていた。それはいつもの甘い表情とは違い、基也をとても格好良くみせる。思わず見惚れるくらいに。

チョコレートとは、本来ならばタブレットやチップなどの素材そのものを言う。それに職人が手をくわえることで、ボンボンやトリュフといった加工したチョコレート、すなわちショコラになる。だがその区別は、彼にとってたいした問題ではないようだ。基也がこだわるのはただひとつ、食べた人が笑顔になってくれるかどうか、なのだろう。

「だから今回は、うちの店を広く知ってもらうために、出店させていただきたいと思います。よろしくお願いします」

ひたむきで真っ直ぐな台詞に、胸を打たれた。彼は自分の仕事が好きで、そして誇りと自信を持っているのだ。正に職人、だろう。

最近こういう人間を見ることは少なくなった。由輝が売り場にいた頃は、フロアにはそれぞれの分野でプロフェッショナルな職人がいた。仕事に誇りを持っていた彼らに、教えられることは多かった。

しかしここ数年で彼らは次々と姿を消し、どこも同じような店構えと、マニュアル化された人たちに取って代わられている。

「あーでも、デパートの人だったんだ。納得した」

不意に口調がいつもの感じに戻った。うんうんと頷く顔に浮かぶ、人懐っこい表情は見慣れたものだ。

「何を？」

「由輝さんって物腰が丁寧だからさ、普通のサラリーマンって感じがしなかったんだ。平日がお休みだし。デパートにいるなら納得」

肘掛に手をついたまま目を細める。服装は普通のサラリーマンと変わらないつもりだけど、やはりどこか違うのだろうか。

「担当は由輝さんと考えてもいい？」

「ああ。……実のところ、僕も今回のフェアは初めてのことばかりなんだ。こんな風に出店要請するのも。至らないところがあると思うけど、……よろしくお願いします」

深く頭を下げた由輝に、基也もいえいえ、と頭を下げる。二人でぺこぺこしている内に、笑いがほぼ同時にこみあげてきた。

「さて、じゃあ詳しいことを教えてください」

「ソエジマを口説いたって？」

事務所に戻りまずは口頭で報告した由輝に、課長は大きな声を出した。

「本当にあのソエジマか？」

「ええ。正式な計画書等は来週お持ちするお約束をしました」

食べてみてと渡された定番商品の紙袋を手渡す。買うつもりだったが渡されてしまったのだ。

「すごいじゃないか！　どうやったんだ？」

「元々、彼とは顔見知りだったものですから」

あまりのリアクションの大きさに腰が引ける。課長の勢いは予想外だった。

「それを早く言え！　それにしたって気難しいので有名なオーナーだろ。すごいな」

「そうなんですか？」

今度は由輝が驚く番だ。

どう考えたって基也がそんな人間とは思えない。人当たりがよく、愛想も良い。出店は断っていたようだが、気難しいという言葉とは無縁に感じる。

「取材は受けても、出店の話はすぐに断られると有名だ。しかも丁重にな。若いが職人肌だそうじゃないか」

きっとこれまであの店を訪れた他店の担当者は、作った人間の気持ちを考えずにただ『お客様』のように商品を扱ったのだろう。

『特に出店依頼で来てくれるなら、ちゃんと食べて欲しい』

基也の言葉が頭に浮かぶ。一緒に売る商品と考えたら、きちんと向き合うのは当然だ。基本として叩き込まれた、「買っていただける商品かきちんと判断する」という視点を、たったそれだけのことを、基也は要求していたのだ。

対等な仕事を求めているのだと、今の由輝には分かる。ただこれらのことに関しては、話さないのが基也との約束だ。

「確かにこだわりは強いタイプです。……それで条件の話ですが」

「ああ、なんだって」

最初の打ち合わせは、条件と希望を確認してきた。さすがにすぐ了承してもらえると考えていなかったので、詳細を詰めるだけの資料を持参していなかったのだ。詳しくは次回、話すことになっている。

「スペース料はいただきません。包装資材等は、イメージのためソエジマが使用しているものをそのまま持ち込むことになります」

「結構な話だな。スペース料をとらず一等地を提供しても、宣伝効果は抜群だ」

「はい、そう思います。あちらの店舗でも告知するということでした」

それと、とメモを取り出す。

「販売はこちらで準備したショーケースを使います。更に横へブースを用意して、一部実演をしてもらいます」

ガラスのブースを用意して、ショコラティエの手元を見せる。最近では当たり前になった手法だが、基也が店頭に立つなら喜ばれるだろう。

「なるほど。その前に並んでもらえば、待ち時間も短く感じられる」

「はい。副島さんにも賛成いただいてます」

やってみたかった、と基也も言っていた。普段は店の奥にいてなかなか店頭に出ることもないので、お客様の反応が見たいそうだ。

「彼は見た目もいいしな。全主の反応もいいだろう」

「そう思います」

見た目だって大きな武器になるとは思う。若く才能溢れるショコラティエが、あんなにワイルドな風貌をしているのは意外性もある。

「あとはこれからの打ち合わせですが、何か新しい商品を作っていただけないか交渉しているところです」

「新しい？　まったくの新製品か？」

それは由輝が提案したことだった。この機会に『ショコラティエ・ソエジマ』の代表作となるようなものを作ってもらいたいと思ったのだ。

考えてみるという返事を引き出せたのは、かなりの成果だと由輝は思っている。

「はい。今回のコンセプトをご理解いただいて、考えていただけることになりました」

大人路線、というコンセプトを基也は気に入ってくれたらしい。話題にするとすぐ、いいですね、と身を乗り出してきた。

「なんだか夢のように条件がいいな」

「ええ、理想的です」

課長がそう呟くのももっともだ。こんなにうまく進むなんて、由輝だって信じられなかった。

どちらも気持ちよく仕事することが大切だと思う。これは競争ではなく、共存なのだ。勝者はいても、敗者がいてはならない。

「どこの出店要請も断ってきたソエジマが遂《つい》に、か」

腕組みをした課長がよくやった、と頬を緩めた。

「秋のフェアが楽しみになってきたな」

「僕も楽しみです。それで、こちらいただいてきましたので食べてみてください」

それでは早速、と二段になった箱を脇にあったテーブルの上で開ける。

ソエジマのパッケージは、ディープグリーンのパッケージにゴールドのリボンという高級感あふれるものだ。

「こちらの箱は四粒入りから用意してあるそうです」

見てください、と手近にいる社員に声をかける。みんな手を休めてテーブルに寄ってきた。基也に渡された定番商品のボンボン・ショコラセット。一粒から購入できるそれらを丁寧に箱詰めしたものだ。

「うわぁ」

打ち合わせ机の上に箱を置くと、歓声があがった。それはあまりにも豪華で、宝石箱のようにも見えたのだ。

付属のカードで解説を読む。

「一段目が定番です。スクエア型で表面に斜めの波があるものが、中にフランボワーズが入っています。こちらは生クリームを使っていないため、より果実感が強く出ています。同じようなタイプがストロベリーにバナナ、カシス、チェリーとあります。次にトリュフですが、色が濃くなるほどビターになっています。これが六種類」

二段目には、カラフルなドーム型と八角形のショコラが並ぶ。ドーム型は生クリームを使っており、口当たりが柔らかい。変わったものでは、ラズベリーのジュレにマスカルポーネを混ぜたものもある。八角形は、アルコールを多く使ったもので大人向けとなっていた。

どれを食べようかと目星をつける様はみんな子供のようだ。

「食べてみるか」

課長がまず定番のトリュフから、表面の色が濃いものを選んだ。

「じゃあ、いただきます」

それぞれ手が伸びてきて、好みのものを手に取る。そして一斉に口に運んだ。

反応が気になってどきどきする。

「おいしい」

「うわ、蕩ける」

口にしたみんなが笑顔になる。由輝もつられて笑顔になった。

「これならワインにも合うな」

課長が手の中にある、半分にかじった断面をしげしげと眺めている。ああ、自分はこの人に影響されて二口で食べたのだな、と由輝は思った。

「なんですかこれ。うますぎですよ！　中からチェリーが蕩けてきます。俺の知ってたチョコレートとは全然違う」

うっとりとしたような顔をした内村が、箱の中を物欲しげに覗き込む。

「そうだね。贅沢《ぜいたく》で幸せにさせてくれるチョコレートだ。どう、並んででも買う？」

問題はその点だ。一粒の値段は、決して安くはない。

「はい。あと、彼女にプレゼントしたいです」

真顔で言い切った内村の発言を引き取った会話が続けられる。

「これだけ豪華なら、プレゼントで貰うと嬉しいな」

「そうね。二人で食べてもいいし」

「バレンタインに一緒に食べる、なんて素敵」

「恋人と食べたくなるチョコレート、って考えるとロマンティックじゃない？」

これだけ盛り上がれるということは、それだけ夢のある味ということだ。

普段から食べるものに関わるこの部署の人間がおいしいと感じるのだから、きっとお客様にも分かってもらえる。この味は、本物だと。

由輝は内村に食べられる前に、と箱の中から八角形のショコラを手に取った。口に運ぶ。ラムレーズンをビターチョコレートで包んだそれは、芳醇《ほうじゅん》な味わいが幸せな気持ちにさせてくれる。

もう一粒食べたい。由輝はすっかり、基也が作ったショコラの虜《とりこ》になっていた。


「それにしてもびっくりしたよ。いきなり来るんだからさ」

『ＫＫ』のカウンターで、差し障《さわ》りのない程度に基也が状況を説明した。オーナーが笑うほど身振りも大きく。

「ねぇ、由輝さん」

よほど驚いたのだろう、基也が同意を求めてくる。

「……僕は基也がソエジマのオーナーだって知ってたよ」

苦笑して由輝はグラスに口をつけた。渇いた喉を通る冷え切った炭酸の味に目を細める。

「なんだ、じゃあ言ってよ。オーナーに口止めしてたの、意味なかったじゃん」

「あら、私はちゃんと喋らなかったじゃない。ねぇ」

二人の顔が同時に由輝を見た。

「うん、でもまあ、雑誌で見たら分かることだし」

「じゃあ俺だけなの、必死で隠してたの」

馬鹿らしい、と天を仰ぐ。そうか、必死だったとは知らなかった。

「まあ別にいいけどね。ただできれば、連敗脱出の時にぜんぶ告白の計画だったんだけどさ」

「計画を邪魔して悪かったな」

「どういたしまして」

わざとらしいお辞儀に笑ってしまう。

「ただささ、驚いてもらいたかったんだ。こんなに図体がでかい男が、あんなに小さいチョコレートを作ってるのか、って」

「まあそれは、ね。最初驚いたよ」

どうみたって基也には繊細な芸術品を作る職人のイメージはない。かといってサラリーマンという印象も受けなかった。

たとえるならそうだ、前に広告撮影で一緒になった、カメラマンがこんな感じだった。自分とその作品に自信を持った、プロフェッショナルで自由なイメージ。

「でしょ。俺だって本当はさ、フレンチの修行をするつもりだったんだよ。親にもそう言って家を出たしね。だけど気がついたらチョコレートのことが頭から離れなくて、ショコラティエになってた。親もびっくりしたけど、自分でも驚いてる」

「チョコレートが好きなんだ？」

「うん」

基也がグラスの中の氷をがりっと齧る。健康的な歯並びは、その白さが彼を爽《さわ》やかに見せた。

「フランスのレストランで修業していた時ね、近くにショコラ専門店があったんだ。仕事場からちょうど出入り口が見えたからよく眺めてた。それですぐに気がついた。その店から出てくる人、みんな嬉しそうだって。年齢も男女も国籍も関係なく、全員だよ」

その時のことを思い出しているのか、基也が目を細めた。

「お店の人と親しくなって聞いたら、毎日一粒買うおじさんとか、金曜日に家族分を買いに来るおかあさんとか、とにかく、いろんな人がいるんだって。そしてみんな、ショーケースを見た瞬間から、目を輝かせるんだって胸を張ってた。それを聞いて、いいな、って思ったんだ。ほんの一粒で誰もが笑顔になるってすごいよね。だから俺も、ショコラティエになろうと思った。自分が作ったもので誰かが幸せになってくれたら嬉しいなって」

「分かるよ。この前食べた時に僕も幸せになった」

グラスをカウンターに置く。視線を感じて横目で基也を見る。

「そっか、分かってもらえたんだ。嬉しいな」

濡れたような黒い瞳と出会う。柔らかな光を帯びてとても艶《つや》やかな目は、まるで彼が作る繊細なボンボン・ショコラのようだ。

「俺、本気で惚れちゃった」

厚めの唇を指先で撫でた基也が、ゆっくりと口を開く。

「……なんの話？」

「とぼけるね」

困ったように笑いかけられ、心音がとくん、と反応した。見惚れてしまった。男らしさと優しさが共存した、その表情に。

「やっぱり由輝さん、いいよ。最高です」

いつもより少し大きな声に首をかしげる。

「もしかして酔ってる？」

よく見れば、珍しく基也の目の下が赤く染まっていた。

「かも」

気がつくとグラスは空だ。氷も全部食べてしまっている。いつもよりピッチが早い、気がする。

「だって嬉しいんだ。すごく由輝さんに近づけた気がして」

確かにいつもより距離が近いように感じる。この距離が、別にいやではない。

「今日はまたひとつ、由輝さんの素敵なところを見ました」

褒められて気分がよくなる。これはきっと、自分も酔っているのだろう。

「だけど安心して」

カウンターの中にいたはずのオーナーはいつの間にか席を外していた。どうやら二人きりにさせてくれるつもりらしい。

「仕事のことでどうこういうつもりはないよ。プライベートと仕事はきっちり分ける。それは約束する」

この男は信じていい。そう判断した自分は、間違っていなかった。由輝は確信した。

「だから」

カウンターの下、太ももに手を置かれる。彼の手は、大きくて冷たかった。この大きな手があの繊細な味のチョコレートを生み出すと思うと、不思議な感じがする。

目が離せない。払うこともできない。意識してしまうとそれらはもう、無視できないのだ。

「俺、本気で立候補する」

何に、とここで聞き返すほど鈍くはない。だけどうまい返事が思いつくほど慣れてもいない。

「分かってるよ、彼のことは」

先回りされ、唇を噛みしめた。

ここで由輝が祐一と話していると、基也は決して近寄ってはこなかった。遠くから見ている時もあれば、すぐに帰ってしまう時もある。

どんな関係なのか、基也はどこまで分かっているのだろう。

「あいつとはもう、別れてる」

「そうは見えないけどな」

基也の指摘はもっともだ。けれどこれ以上、由輝に言えることはない。

黙りこんでいると、基也が微笑みかけてくれた。

「応援はしないけど、邪魔もしません。誓います」

判断に迷う言葉を口にする。強引な男しか知らない由輝には、困惑するしかない台詞だ。

「どうして、そんな」

「だって決めるのは由輝さんだから。由輝さんの意思で選ばないと」

さらりと口にする内容は、まったくその通りだと思う。けれどそこまで尊重されると、戸惑うのもまた事実だ。

そこまでの価値なんて、自分にはない。ただ昔の恋人を忘れることができず、うじうじとしているだけの男だ。

「急がないよ」

片肘をついて由輝を見る。大きな手は驚くほど冷たかった。

「ゆっくり口説く、覚悟はしました」

チョコレートの香りが、した。……気がした。

基也が香水をつけていたことはない。食べ物を扱う人間としては基本的なことだが、もう彼にはこの甘く、そして苦いにおいがしみついているようにも感じた。

それはいやじゃない。それどころか、好ましくさえ思っている。

「覚悟、か」

——その夜、祐一は店に来なかった。由輝がそのことに気がついたのは、基也が帰りますか、と言った時だった。

日曜日の街は、とても混雑していた。久しぶりに天気が良いせいもあってか、人がとにかく多い。慣れない人ごみに、由輝は酔ってしまいそうになって足を止めた。

昼過ぎから内村と市場調査に出ていた。うちからもいろいろと提案をするため、他店の状況を見て回っていたのだ。

秋のフェアのコンセプトは、正式に「オトナの秋」に決まった。ターゲットは働く女性たち。おいしいものなら少し値段が高くても買う、本物を知っている世代だ。

自分へのご褒美、そして恋人と食べるスイーツ。そう銘打《めいう》って、高級感を出すために商品の単価を通常より高く設定予定だ。フェアでは初めてのことだけに、市場調査が欠かせなかった。

まずは一軒目、と海藤百貨店と駅を挟んで反対側にある競合店の地下をざっと見た。ここは数年前に改装した時の勢いを維持できず、最近再びてこ入れを考えているそうだ。

確かに人が少ない。扱っているテナントは定番が多く、他店でも買える店ばかりだ。

「俺、単純なんですかね」

全体を見終えたところで、内村が呟く。

「どうした？」

確かに彼は複雑な性格とは思えないが、何か悩んでいるのだろうか。

「秋っていうと、栗とかさつまいもしか思いつかないんです」

「そういうものだよ」

しかしその素材が強いのは和菓子だ。秋のフェアに毎年出店している店とは、もう出店の約束ができている。というより暗黙の了解だ。それを楽しみにしてくる人も多い。

「定番は定番で、ないといけないんだ。それも必要だよ」

だから今回も定番の商品も扱う。日本人なら誰もが季節を感じる和菓子は、やはり大事なのだ。

安心できるような従来の感覚は和菓子のゾーンにお願いだ。初出店はないので、調整その他を内村に任せてもいいだろう。

「そうか。そうですよね」

納得したのか内村の表情が明るい。簡単に気持ちが浮上するところが単純だと思うのだが、口にはしなかった。

「あとはうちでだけ、という差別化が必要だね」

「今回はあのお店ですね」

『ショコラティエ・ソエジマ』が出店するという噂は既に広まっていた。地下食品フロアにある洋菓子店からも質問があったくらいだ。

「あの副島って人、すごいんですね。雑誌で見ましたよ」

「若手では一番だと思うよ」

「ですよね。もうあれを食べちゃったら、普通のコンビニのチョコレートが味気なくて。今度、お店にも連れてってください」

内村はよほど気に入ったらしい。気持ちは分かる。

「打ち合わせには一緒に行こう。その時、ケーキも試してみるといい。あれは絶品だ」

「うわー、楽しみになってきた。俺、そんなに甘党ってわけじゃないんですけどね。なんだかこの間からあの味が忘れられないんです」

「……僕もだよ」

今まで知らなかったような味わいを思い出し、由輝も頷いた。基也が作るから、あんなに優しい味になるのだろうか。

由輝の意見で選ばないと、と彼は言った。そこまで意思を尊重されたのは初めてで、思い出すだけでもくすぐったい気持ちになる。

「しかもあの人、若くていい男ですよね。なんか最近、スイーツもパティシエの顔で勝負って感じ」

「彼はショコラティエだ。そこは間違えないように」

「あっ、はい」

厳しいな、と頭をかく後輩を睨《にら》む。ショコラティエは専門職だ。その辺りを間違えられては困る。

地下から外に出た。アスファルトに照り返す陽射しに目を細める。普段は空調設備が整っている場所にいるせいか、由輝は年々、このむっとする暑さに弱くなっていた。

少し離れたところにある店に行く途中に、何軒かのカフェがあった。休憩がてらそこにあるスイーツも見ていくつもりだ。

「あっ……」

信号を待つ人ごみの中で、立ち止まる。

休日によく見る光景が、横断歩道の向こうにあった。ベビーカーを押している母親。大きな荷物を抱えている父親。子供の泣き声が聞こえてきそうな、幸せそうで、けれどごく普通の家族の姿だ。

普段ならきっと、気にもとめなかっただろう。平凡な、よくある家族だ。――もしもその父親が、原でなかったら。

母親の顔にも見覚えがある。知っていて当然だ、彼女は原と結婚した女性なんだから。

子供が、いたんだ。いつ、……？

いきなり足元が揺らいだ。地面が揺れているような錯覚にふらつく。口元を手で押さえないと、心臓が出てきそうだった。

「……どうしました？」

能天気な内村の声が、由輝を現実に引き戻した。

「ちょっとね」

慌てて微笑んだ。わざとらしいほどの明るさで。

「それにしても暑いね」

ハンカチで汗を拭う。額と背中を伝う汗は、ひどく冷たかった。


夕方の休憩時間、携帯電話で見慣れた番号を手に深呼吸する。電話するのが、怖かった。出ないでくれればいいのに。かけておいてそんな勝手なことを願いながら発信する。原はすぐに出た。

「……珍しいな」

少し低い声だ。家なのだろうか。

「ああ、うん」

メールをすることはあったけれど、こうして電話をするのは久しぶりだ。

「ちょっと聞きたいことがあったんだ」

「何？」

説明に迷う。こんな時、人はどう言うべきなのだろう？

「今日、姿を見かけたんだ」

「……」

「うちの店の近く。来てただろ」

それだけで、すべてが伝わった。

「そう、か」

沈黙。ごくり、と息を呑んだ音が聞こえてしまうのではないか。緊張する。

「……ごめん」

原の声が更に小さくなった。

そうか、やっぱりあれは原だったんだ。

心のどこかで信じたくないと思っていた自分が、絶望に突き落とされる。

「ずっと話そうとは思っていたんだけど」

聞き取れないほどの声になった。いつも堂々としている男なのに珍しい。

「……子供はいくつなの？」

搾り出した声はまるで自分のものではないようだった。

「もうすぐ六ヶ月だ」

「そうなんだ」

半年も気がつかなかったんだ。原が新しい家族を得て、着々と生活を築いていたことに。仕事が忙しい、なんて嘘を信じた。信じてしまっていた。

「教えて欲しかったな。お祝いも何もあげてないよ」

ひどい、という言葉は飲み込んだ。それを口にすると、歯止めが利かなくなりそうだったから。

縋るような自分は惨《みじ》めだ。これ以上傷つきたくないと心が悲鳴をあげる。だから強がってしまう。

「聞いてくれ、由輝」

原が何かを言ってる。しかし言葉として理解できないまま、通り抜けていく。

フラッシュバックする光景。ごく普通の家庭の一コマ。ちゃんと父親らしかったじゃないか。

そのまま、電話を切った。これ以上話すことはできそうになかった。

別れた男の話だ、と自分に言い聞かせる。休憩時間は終わりだ。仕事に戻ろう。

「……ねぇ、由輝。どうしたの？」

一気にあおったグラスの、中身なんて知らない。とにかく強いのを、と頼んだから。

カウンターに陣取った由輝は、ただグラスを重ねていた。

もう何杯目か、数えるのも忘れた。味だってもう分からない。カウンターで突っ伏していると、オーナーに窘《たしな》められる。

「別に」

「明日も仕事でしょ」

「んー、そうだけど。いいんだ、別に」

退社時に、明日は朝から市場調査に出て午後から出社と届けてきた。そうしないと、気になって思いっきり酔えないのだ。なんて自分は小心者なんだろう。

だから原の結婚にも反対しなかったんだ。そうすることで、こっちが切り捨てられるんじゃないかと怖かった。

自分のお人好しぶりには呆《あき》れる。とっくに切り捨てられていたのに、何を待っていたというのか。

「――一人？」

声に顔を上げると、知らない男が立っていた。由輝より少し年上か。品定めするような視線を感じる。どうやら誘われているらしい。背中に置かれた手が意味深だ。

嫌いなタイプではない。けれど由輝より先に、オーナーが口を開いてしまった。

「酔っ払ってるのよ。……今日はダメ」

「そう。残念」

滅多《めった》に他人の誘いに口を挟まないオーナーの台詞に、男は肩を竦める。

いいのに。こんな自分でも相手をしてくれるなら、いっそ誰だって。

自暴自棄《じぼうじき》な気分で更なるグラスを要求する。だがオーナーは首を振った。

「もうやめなさい」

「いいから」

ちょうだい、と空のグラスを渡す。仕方ないわね、とオーナーが眉をひそめて受け取った時、だった。

「どうしたの、こんなになるまで飲んで」

聞き覚えがある声が耳に入ってきた。背中に手が置かれる。どうやら自分は、かなり心配されるような状況らしい。

「ごめんね、呼んじゃったわ」

オーナーが両手を合わせて苦笑する。重い頭で振り返ると、そこには基也が立っていた。

「飲みすぎてるね」

いつもより強くチョコレートの匂いがした。甘ったるい。なんで、こんな時に。

「そうかも」

「かもじゃないわよ」

飲みすぎ、とオーナーに指を突きつけられる。

「何があったの」

「別に」

言うほどのことじゃない。そう、ただ現実を認識しただけだ。

「別にじゃないでしょ。……もしかして、もしかした？」

ひどく曖昧《あいまい》な問いに首を振る。

何かが溢れてきた。胸の奥から零れたものが、視界を曇らせる。きっと眼鏡が曇ったんだ。外して重く感じる瞼をこすった。

馬鹿だった。

信じてた。別れたと言いながら、心の中では三年経ったら自分の許に帰ってくると夢見ていた。あんな約束を本気にするのがどうかしていると、分かっていても信じた。それを支えにするほど原を愛していた。粘着質な自分の性格が憎い。

カウンターに頬を預ける。その冷たさが心地よかった。このまま寝てしまいたい。このまま、何も考えずに。

今だけは泣くことを自分に許してもいいと思う。けれどそれが、できない。行き場のない感情が視界をぐらぐらとさせた。

ぽん、と頭に手を置かれる。基也の大きな手だ。ゆっくりと、まるで子供にそうするように撫でてくれる。

「……由輝さん」

手首を掴まれる。冷たい指先が気持ちいい。見上げると、いつもより糖分の少ない表情があった。

「これ以上は飲まない方がいいよ」

「……ん」

確かに限界を超えている気がする。

「送っていくから、もう帰ろう」

「いやだ」

でも、一人の部屋に帰りたくない。

あの部屋にはまだ残っているから。原を好きで、彼を信じていた愚かな自分が。

「駄々こねないの。ほら」

強引に腕を取られる。立ち上がろうとしても膝に力が入らなかった。

ぐんにゃりとした由輝の体を抱えた基也が、ため息をつく。

呆れたのだろう。それも当然か。自虐的な笑いが零れる。笑ってくれればいい。そうすれば楽になれる。

「帰るよ」

ぐいっ、と抱きかかえられ、立ち上がる。そのまま基也はオーナーと何か話して、それから由輝を外へと連れ出した。

外はまとわりつくような湿気で、サウナのようだ。どっと汗が噴き出し、シャツを濡らす。タクシーに乗せられ、自宅に向かう。シートに身を預け、酔いに任せて基也にもたれかかった。

「ほら、家の住所を言って」

基也に促されて、運転手に住所を告げる。

由輝の家まではすぐだった。基也が支払いをし、由輝の肩に手を回して立ち上がらせる。一緒に降りて、また湿度の高い夜に戻された。

いくら痩せ気味とはいえ、成人男性を背負っているのだ。それなのに基也はびくともしない。

「鍵は？」

鞄《かばん》を指す。とにかく基也は優しく、紳士的だった。鞄から鍵を探してドアを開け、靴を脱がせてくれる。

更にされるがままの由輝をベッドに運び、緩めていたネクタイとベルトを取り去り、寝かせてくれた。その上、冷蔵庫を開けて水を飲ませ、枕元にタオルも準備してくれる。

大きな体が動き回る姿を視界の端に捉えながら、由輝がしたことといえば眼鏡をベッドサイドのテーブルに置くことくらいだった。

気分が落ち着いてくると、体が熱く感じる。こめかみから汗が流れた。エアコンの冷気が流れてきたのは、少し時間が経ってからのことだ。

「もう平気？」

頷く。室内の温度と同時に、酔いも低下していくのが分かった。

「そう。じゃあ、ね」

床に跪《ひざまず》いていた基也が立ち上がる。

「……帰るのか？」

このまま、彼は帰ってしまう。自分を、ひとりにして。

いやだ。ひとりにしないで欲しい。

基也が近づいてくる。ベッドに腰かけて、由輝の髪に触れた。

「帰るよ。もう遅いし、お互い明日も仕事でしょ」

「基也」

膝に手を乗せた。布越しでも分かる体温が、今とても恋しい。

「由輝、さん」

まるで誘ってるみたいだよ、と唇を噛んで視線を逸らされる。それがとても、悔しかった。

「誘っているんだけど」

上半身を起こし、抱きついた。この大きな体の中に、すっぽりと納まりたい。抱きしめて欲しい。

「ちょ、ちょっと」

困ったように払われる。由輝の方を見ないままに。

「いや？」

質問に基也は首を横に振る。

「いやじゃないよ。でもこんな、弱ってる由輝さんにつけ込むような真似は、いやだ」

強い力で体が離される。

「どうして」

自分は基也にも、拒絶されてしまうのか。——好きだと、言ったくせに。

固まったままでいると、基也がくそっ、と呟いて髪を乱した。

「だって俺、本気なんだよ」

うつむいて搾り出すような声は、辛そうだった。

「ずっと、ずっと前から由輝さんのことが好きなんだ」

「じゃあ、なんで」

「だから」

声を大きくした後、がしがしと頭をかいて、基也が呟く。

「後悔したくないんだ」

何を後悔するというのだろう。基也のＴシャツを掴んだ。

もしも、たとえ冗談だとしても、好きだというのなら、今はひとりにしないで欲しい。

「お願いだから」

この胸に抱えてる、厄介なプライドや意地。その全部を。

「……壊して、くれ」

由輝自身が、壊れてしまう前に。

基也が息を呑むのが分かった。目を細めた彼が、由輝を見下ろしている。

目の前で、彼の感情が揺れているのが分かった。理性と本能が戦っている。だが瞳の色は明らかに欲情していた。

「基也」

名前を呼んだ瞬間、基也の手がシーツを強く掴んだ。

「たぶん手加減してあげられないよ」

唸《うな》るような声と共に、抱きしめられる。

それでもいい、という確認は唇が押しつけられてできなかった。

背中に手が回る。ぎゅっと抱き込まれ、角度を変えて何度も何度も、唇を合わせた。

久しぶりに感じる、他人のぬくもり。目を閉じて感覚を追う。最初は躊躇うように触れてきたそれ薄く唇を開いて誘うと、肉厚の舌が入り込んでくる。最初は躊躇うように触れてきたそれに吸いつくと、いきなり頬を掴まれた。

冷たい手だった。それとも自分が熱いのだろうか。もう分からない。

拘束するかのような力で、貪られる。口内を舐め回された。気持ちいい。歯の裏側をくすぐられ、舌の裏まで突かれる。

「んんっ」

夢中になって追いかけている内に、口角から零れた唾液を舌で辿られた。音を立ててすすられ、そして首筋に熱い息がかかる。欲情している男の息遣いだ。

ベッドに組み敷かれ、緩めたネクタイが引き抜かれる。あっという間にシャツのボタンが外され、前をはだけられていた。

躊躇っていた時とは打って変わった激しさに、由輝もすぐ夢中になった。

「信じられない。——由輝さんに触れてるんだ」

喉仏に噛みつかれる。そこから鎖骨や胸元の飾りまで舐めあげられ、背中が浮いた。指先まで確認するように這った手が、既に熱を帯びていた屹立に伸ばされる。

「あ、……んっ」

大きな手に包み込まれた。手の平は熱く、巧みに由輝を追いあげる。

しばらくかまっていなかった体は、想像以上に敏感になっていた。簡単に発火寸前まで追いあげられる。

「基也」

名前を呼んで、キスをねだった。応えてくれる。唇の感触が気持ちいい。

アルコールで火照《ほて》った体が、更なる熱を持つ。すれる布地が邪魔だ。基也のTシャツをたくしあげ、肌に触れた。張りつめた感触は思った以上に逞《たくま》しい。――欲しい。

衝動が由輝から理性を奪う。もっと触れあいたくて、自分からもぞもぞとシャツを脱いだ。色が白く、肉付きの薄い体をさらけ出す。恥ずかしい気持ちを凌駕《りょうが》する熱が、肌を赤く染めていた。

「すごく綺麗《きれい》だね」

ごくりと息を呑んだ基也は、由輝を組み敷き膝立ちで跨《また》いだまま、Tシャツを脱ぎ捨てた。現れた筋肉のついた胸から下腹部のラインは、男として嫉妬《しっと》を覚えるほど美しい。

「そんなに見ないの」

思わず見惚れていると、恥ずかしいじゃん、と笑いながら基也がジーンズも脱いだ。由輝もベルトを外し、下着だけの姿になる。

お互いにその状態で向き合うと、視線のやり場に困る。

「もっとこっちに来て」

昂《たか》ぶった欲望が取り出されるのが見えた。

原以外の男を知らない由輝は、そこで初めて恐怖に似た感情を覚えた。こんなに大きいものを、受け入れられるのだろうか。

だがすぐに下着を脱がされ、余計なことを考える余裕はなくなる。再び基也の手によって高められた欲望が、ぴくぴくと跳ねた。

「んっ、ぅ……」

大きく足を開いて浅ましく身悶《みもだ》える由輝の、最奥に太い指が触れた。ひんやりした指の感触に身震いする。

「こっち、いい？」

かすれた声が、彼も欲情しているのだと教えてくれた。

「ん……、でも、久しぶり、だから」

「そうなの？」

基也の手が止まる。

「しばらく、その、してない……から」

恥ずかしさを堪えて言い、確か、とベッドサイドのテーブルにしまっていたローションを取り出した。まだ新品のがあったはずだ。

「これ……」

受け取った基也がボトルを手の中で転がし、そして眉をあげた。

「……本当だ、久しぶりなんだね」

「え？」

「なんでもない。ちょっと待って」

パッケージのビニールを破く音が、やけにリアルだ。これから、基也と繋がる。その準備をする。

「うつぶせになってくれる？」

酔いが醒めてくる。久しぶりの行為に、羞恥心が今頃になって登場したのだ。

それでも、逆らわなかった。

「ひっ」

冷たい液体に身が竦む。太ももを伝う感触で、ローションが奥にふりかけられたと分かった。

「ごめん、ちょっと我慢して」

指先が最奥をゆっくりと開く。滴《したた》るほどにローションを塗りこめられ、入口をそっと指が撫でる。

「彼とは、してなかったんだ」

枕に顔を埋めながら小さく頷いた。

「だって別れてる、から……」

「ちゃんと別れてたんだね。びっくりしたよ」

どうやら疑っていたらしい基也の誤解を解きたくて、必死に首を振った。

「本当、だよ」

「うん。……固くなってる」

それがどこを指しているかは聞かなくても分かった。自分は今、うつぶせで腰を突き出すというとんでもなくふしだらな格好をしているのだから。

「優しくするから」

ぬるん、と指が入ってきた。いきなりの感覚にのけぞると、その節々まで意識する結果になる。

違和感があるだけで、痛みはなかった。

「だからいっぱい、気持ち良くなって」

耳を塞ぎたくなるような音がする。入口が捲り上げられ、内側にまでローションが注がれた。

ひやりとした感触は、だがすぐに体温と馴染む。

ぐるりと指が回り、何かを探るようにゆっくりと動いた。緩々と抜き差しされ、それから指が増やされる。

息がかかった。ひくつき指を飲みこむその部分を、基也が見ているのだ。恥ずかしさに身をよじりたくてもできない。震える腰の奥に、ぬるっとした弾力のあるものが触れた。

「ひっ、ああっ、や、だ」

舐められたのだ、と分かって全身が痺れる。

「いいから」

「だって、汚……いっ」

そういえばシャワーも浴びてなかった。勢いがなくなって少しだけ頭がクリアになると、恥ずかしさにいたたまれなくなる。

「汚くなんかないよ」

中の襞《ひだ》に触れられた。水音がじんわりとした熱を呼ぶ。

「綺麗だ」

囁くような声も、聞いていられない。異物感が徐々に喜悦《きえつ》に変わり始めていたのだ。受け入れる快楽が目覚め始める。誘うように収縮し、意思には関係なくその指に吸いついていく。

「ああっ！」

舌が、再び入り込んできた。体の内側まで舐められる感覚は鮮烈で、シーツに顔をすりつけて身悶える。

「やっ、もう」

淫らな熱が生まれ、全身に広がっていく。じっくりと舌と指で蕩けさせられ、気がつくと声をあげて腰を揺らしていた。

「……もういいかな」

濡れた切っ先が触れた。次の瞬間にはぐぐっと押し込められ、窄《すぼ》まりに先端がずるりと入り込む。

久しぶりだから、力の抜き方が思い出せない。戸惑う内側に、ぎちぎちと熱が埋めこまれていく。

「っ、あ、んんっ……」

一番太い部分を呑みこんでしまった以上、あとはすべてを飲み込むだけだった。

「はいって、くる……」

「分かる？」

「ん、……わか、る……」

分からないはずがない。体の中を犯される感覚は強烈すぎて、他のことなんて考えられない。

後ろから受け入れた楔《くさび》の熱さに、我を忘れた。それはとんでもなく奥まで届き、弱い部分を刺激する。さっき指でも確認されたそこは、くびれた部分に擦られただけで息が止まってしまう。

「つ、すげぇ。あったかい」

基也も息が荒い。興奮しているのは自分だけじゃない、そう思うと更に熱があがる。

「気持ちいい？」

がくがくと首を振った。それが精一杯だった。

由輝の本性を暴こうとでもするように、ゆっくりと内側を探る動き。擦られた粘膜が震え、更に彼を締めつける。くびれの段差まで分かるほど、強く。

深く突き入れ、かき回すように腰を動かされるともうだめだった。

「あっ、い……い……」

「ここが気持ちいいのかな？」

「ふっ、ぅう、そこ、いや」

全身がびりびりと痺れる。我慢できずに前に手を伸ばした。

とにかく早く極めたくて、濡れたものに触れる。堪え性のないそこは、既にだらだらと先走りを零していた。

原としていた時は、必ず自分の手で極めた。そうすることを、彼が好んだからだ。

けれど。

「まだだよ」

その手ごと包み込まれ、根元まで導かれる。輪にした指で押さえるよう促された。

「……？」

「まだいっちゃダメ」

耳ごと口に含まれ、下生えに基也の指が絡む。

「どう、して……」

早く熱をどうにかしたくて、体が揺れる。

「壊してって言ったの、由輝さんだよ」

「やっ、……いたっ」

下生えを軽く引っ張られ、痛みに眉を寄せた。

「ぐちゃぐちゃにしてあげる。もう何も考えられないくらい」

彼は今、どんな顔をしているのだろう。それが見たくて振り返ると、そこには蕩けそうな顔があった。

「教えてあげるよ。俺が由輝さんに、どんなことをしたいと思っていたか」

だから覚悟してね、と宣言されて、思いっきり揺さぶられた。

かき回す動きは由輝の知らないリズムだった。自分で根元を押さえているせいで達することもできず、貪られる。

「ああっ」

弱い場所をくびれた部分で小刻みに擦られ、思わず閉じていた目を開けた。首筋から額までに口づけが降り注ぐ。

「すごいね、食いちぎられそう」

背中にぽたり、と汗が落ちた。由輝の体も、既に汗でじっとりと濡れている。

「由輝さんの体、こんなにいやらしいんだね」

知らなかったよ、とからかうように囁かれ、耳の中に舌をねじ込まれる。

ぴちゃりという音に、耳まで犯されそうだ。

「ちが、こんなのっ、……うっ……」

言葉にならなかった。ぎしぎしと音を立てるベッドの上で快楽に身を委《ゆだ》ねる。

こんな風にぐずぐずになる自分も、こんなに激しいセックスも、知らない。涙と唾液と汗で顔なんてもうぐちゃぐちゃだ。

もう無理だ、我慢できない。けれどあと少し、というところで基也はいきなり動くのを止めた。

「あっ……んっ」

半開きの唇から、ねだるような声が漏れてしまう。だってもっと、突き上げて欲しいのに。

「ちょっと腰上げて」

繋がったままベッドの端まで引きずられる。高い位置で腰を固定され、ずるりと半分ほど基也が出て行く。

もっと欲しい。浅ましい欲望に堪えきれず、入口が収縮した。逃がさないとでもいうように。

「欲しがってるんだ。……すげぇ、エロすぎ」

もう一度、楔が奥まで入ってくる。肌と肌がぶつかって音を立てるほど、激しく。

「痛くない？」

「んっ」

上の方から突き入れられる。どうやら基也は立っているらしく、高い位置から声が聞こえてきた。

とんでもない格好だと思う、理性はもうない。ただ与えられる濃厚な快楽に、我を忘れた。

「じゃあ、動くよ」

言うなり基也は由輝の腰を抱えて、蕩けきった窄まりに楔を打ち込む。

「はぁっ、く……ふっ」

じゅぶっと卑猥な音が響いた。いつものあの穏やかな表情からは想像がつかないほど、基也の動きは激しかった。

「ひっ、そこ、やっ……だ」

シーツを掴んで頭を打ち振る。

全体を使って敏感な内側をこすられ、基也のリズムで体を揺らす。すごい。とんでもなく気持ちいい。電流が指の先まで流れ、震える。腰を支えてもらっていないと、自分の体重が支えられない。

「由輝さん」

指先が胸の突起をいじる。背中に唇を押し当てられ、膝が笑った。

「ごめんね、我慢できないんだ」

叫ぶような声と共にぐちゃりと音がした。内側が自然と濡れたような気がする。

「あっ、も……っ」

辛いほどの熱をどうにか逃がそうと頭を振る。だけどいきなり入口まで引き抜いたもので奥まで貫《つらぬ》かれると、もう耐えられなかった。

「いくの？　ならいっちゃう、って言って」

上から囁かれて、何度もいっちゃう、と叫んだ。

昂ぶりは基也に握られ、高みへと導かれていく。たぎる熱はもう、とめられない。

「ひっ、ダメ、……いくっ！」

放出は長かった。彼の手の中にどくどくと白濁を零しているのが、自分でもはっきりと分かる。

こんなの初めてだ。気持ちよすぎる。目の前が白くなって、呼吸が止まりそう。

「ふ、んっ、ん」

すべてを出し終わってもまだ基也の指は屹立から離れない。搾り出そうとするような動きに合わせて、勝手に腰が動く。

湿った空気が支配する部屋で、目を閉じた。快楽も頂点に達すると死にそうな気分になるのだと、初めて経験して分かった。


目が覚めた時、由輝はすぐに状況を把握できなかった。

いつものベッドの上だ。でも寝ているのは、自分だけじゃない。すっぽりと抱きこまれていた。いや、絡みつかれていたというのが正しい。

「おはよ」

ものすごく近い距離でかすれた声に囁かれ、その場に固まってしまう。

プレイバックするのは、昨夜の狂態だ。途中からの記憶はなくなっている。どうやら気を失うようにして眠ってしまったらしい。しかも、基也の腕に抱かれる形で。

「……おはよ」

首の後ろに手が回され、引き寄せられる。触れるだけのキスをされた。いたたまれなさに震えていると、基也は由輝を肩口に引き寄せ、顔を見ないようにしてくれた。

「ごめんね、勝手に泊まっちゃった」

声が直接、肌に響く。

「……僕の方こそ」

帰るな、と言ったのはたぶん、自分だ。なんとなくそんな、記憶がある。どうしていいか分からない手でシーツを掴むと、基也の手がぽんぽん、と背中を叩いてくれた。

「由輝さん」

くすぐったいほど丁寧に、髪に触れてくる。彼の指は今日も冷たい。

「起きられる？」

「平気だ」

喉が痛かった。もしかしたら昨日の声は、隣の部屋に聞こえたかも。

「仕事なんだよね。何時に起きればいい？」

その台詞で由輝は我に返った。そうだ、今日は休みじゃない。――でも。

「今日は調査って言ってあるから、少し遅くなっても平気だ」

広い胸に抱きしめられていると、心地よくて眠たくなる。もう一度寝てしまいたい。

「じゃあ俺を調査してくれる？」

「……」

「あ、引いてる」

苦笑した基也が、由輝を抱え直す。

こんな時にどんな顔をすればいいのだろうか。よく分からない。戸惑っていると、髪をもてあそびながら、基也が耳に唇を寄せてきた。

「一度きりにするつもりなんてないよ、最初から」

「えっ」

少しだけ体を離してから、カーテンの隙間から射す朝日に照らされた真剣な顔が、あらためて寄せられる。

「いきなり付き合ってくれとは言いません。由輝さんが答えを出してくれるまで、待ちます」

「答え、って」

遠まわしな表現でも分かる。原のこと、だろう。

昨日、何があったかは詳しく話していない。けれど察して、基也はそばにいてくれた。

「俺のことだけ考えられるようになったら、それでいいってことです」

身代わりにしたつもりはないけれど、基也のことが好きかと聞かれれば、今はすぐに答えられなかった。

嫌い、ではない。むしろ好ましい。だからと言って、自分から誘うような真似をして寝てよかったかというと、そうではないはずだ。

唇を噛みしめて視線を逸らしても、自己嫌悪が消えるわけではない。

固まった由輝の耳に指がかかる。こんなにも優しく甘いのに、彼の指は冷えていた。だから気持ちがいい。

「昨夜は」

最高でした、と囁かれ、体温が上がる。

「体から始めるつもりはなかったけど、でも嬉しかった」

指が絡められ、口元へと導かれる。唇を押し当て、そして優しい告白が紡がれる。

「惚れ直しました。もう忘れられない」

熱い。触れた部分も、基也の眼差《まなざ》しも、自分の頬も、この部屋の空気も、何もかも。由輝に触れる、彼の指先以外のすべてが熱い。

「……火曜の夜に、会えるかな」

顔中にキスを降らせながらそんなことを言うのは反則だと思う。

だけど頷いてしまった。断るという答えは欠片も浮かばなかった。

「おはようございます」

近くの店で話題だったプリンを手に、由輝は職場へ足を踏み入れた。こうでもしないと言い訳できないほどの時間の出社だった。

「おはようございます。どこかいい店、ありましたか」

何も知らない内村の無邪気な問いに、肩を竦めた。

「今日は外れだったよ」

一応何店か調査はしたけれど、腰の辺りが重たくて、歩くのは決して楽ではなかった。自分の席に着いた時にほっとしたのは初めてだ。ハンカチで額に滲んだ汗を拭う。

「暑かったですか」

「うん。もう汗が止まらなかった」

久しぶりの行為のはずが激しすぎた。ちょっと思い出しては直ぐに頬が上気してしまう。

「それで早速すみません、フェアの商品構成なんですが」

「何かあった？」

店舗はほぼ決まっている。レイアウトも決定し、あとはそれぞれからチラシと広告に掲載する商品を出してもらう必要があった。そのとりまとめは、内村にやってもらっている。

「はい。副島さんの正面のお店なんですけど、ここも新製品のチーズチョコレートケーキを前面に出したいそうなんです」

ソエジマ、という文字にすら心臓が掴まれそうだ。だが今はそんな場合ではない、と自分を叱咤する。

似た商品があるのは仕方がないことだが、今回一番行列が予想されるのは『ショコラティエ・ソエジマ』だ。その近くに、普段はチーズケーキで有名なお店がチョコレート製品を出しても、目に留まる可能性は低い。

「そうか。……初日の限定商品は、チョコレートムースの予定だったね」

「はい、そうです」

集客効果を高める限定商品として基也が用意したのは、これまでパーティー会場のみで提供し、店頭には並べてこなかったチョコレートムースだ。

「まずいね。そうか、じゃあ同じくらいの規模のところと取り替えようか」

「それで、考えたんですけど」

これからこんな風に決定して変更して、という作業は続くだろう。内村の提案を聞きながら、今は仕事に没頭しなければと自分に言い聞かせた。

——その日の夜、由輝は自宅で久々にゆっくりと眠った。

疲れていたから、だけではない。なぜかすごく、落ち着いた気分だったのだ。

求められることへの満足感ではなく、もっと別のところで満たされた。こんなことは初めてだった。

ベッドに転がり、目を閉じる。取り替えたシーツにさえ、基也のにおいが染み付いている気がした。

濃厚な夜が残した余韻は、まるでチョコレートのように甘い。


火曜日、仕事を終えた由輝は初めて『ＫＫ』で基也を待った。

原が来るかも、来たらどうしよう、とぐるぐる考えている内に、基也がやって来る。

「早かったんだね」

横に座った基也は、いつもと変わらなかった。

気まずくて顔を見られないんじゃないかと思っていたのだが、そんなこともない。ごく自然に、横へ座る。由輝もそれを受け入れる。

「これ、お土産」

オーナーにはい、と手渡したのは『ショコラティエ・ソエジマ』の紙袋だ。

「食べたいって言ってたもの、持ってきた」

「うわっ、嬉しい」

両手で受け取ったオーナーが顔を綻《ほころ》ばせた。

「早速いただこうっと」

箱が開かれる。中には、ボンボン・ショコラが綺麗に並べられていた。

「由輝もどう？」

勧められて、断るはずがない。由輝はすっかり基也が作るショコラに夢中だった。

「もちろん、食べたいな」

どれにしようか、これは食べたことがあるから、と指が迷った。

「甘いもの好きだもんね」

オーナーの一言に頷いてから、指で摘んだのは八角形のショコラだ。

「そうなんだ。じゃあ今度、何か持ってくるから食べてね」

微笑む基也の前で、それを口にする。

舌の上で蕩ける、ガナッシュのとろりとした食感。華やかで芳醇な、だけど生ではない、果実の香りがする。これはカルバァトスだろうか。

ビターチョコレートの風味が、あとからやってきた。

「おいしい？」

「とっても」

カウンターに置かれた手が目に入る。これがこの繊細な味を作り出すのか、と思った次の瞬間、体が熱くなった。

蕩けるような、甘い時間を思い出す。

大きくても無骨じゃない指は、優しく甘く、由輝を解放した。

めくるめく、というのはあの時間のことを言うに違いない。まだこの肌には、快楽の残りが刻まれたままだ。

「思い出しちゃった？」

基也の指が、髪に触れる。そして頬に。ただそれだけの仕草に、体温が一気に上がる。彼の指は、今日も冷たい。

「そんな顔しないで」

食べちゃいたくなる。囁かれて目を閉じた。

なんだろう。頬が熱い。すごく幸せな気分に、ふわふわと浮き上がりそうだった。

「おいしい！」

オーナーの声に我に返った。慌てて眼鏡を外し、ごしごしと目を擦る。どうしたの、と覗き込む基也の眼差しの近さに、鼓動が跳ねあがる。

「……なんでもない」

まさか気持ちよくなっていた、なんて言えないだろう。

「基也は天才だわ」

「ありがとう。嬉しいな」

それには同意見だった。にっこりと笑った基也はところで、と話題を変えた。

「今日は何を飲んでいるの？」

由輝が手にしているグラスを指差す。

「ブラックベルベットだよ」

シャンパンとギネスのカクテルは、なめらかな喉越しが好みだ。ただこれがショコラと合うのは意外な発見だった。

「一口くれる？」

「どうぞ」

フルートグラスにきめ細かな泡が立ちのぼる。口に含んだ基也は、唇の端についた泡を舌で舐めた。その仕草を見ているだけで頬が熱くなってきて、視線を外した。

「ん、おいしいね」

「うん」

手元に戻ってきたグラスに口をつける。

会えないかな、というあの夜の誘いには、どこまでが含まれているのだろう。この店で会話するだけか、それともその先もか。

「……これもおすすめだよ」

オーナーにチョコレートを説明する横顔に、いつしか見惚れていた。もっと基也のことを知りたい。ここで会って、終わりでは悲しい。二人きりになって、それで……。

さりげなく時計を見る。時間はまだある。焦《あせ》る必要はないと分かったけれど、それでもそわそわと落ち着きなく座り直し、いつもよりハイペースにグラスを空けた。

彼を誘ってもいいだろうか。ほんの少し残った泡を見つめる。それとも、彼が切り出すのを待つべきか。

基也のグラスも、あと一口で終わりだ。ちょうどいいタイミングだと思う。ちらりと基也を見る。目が合ってすぐに微笑まれ、咄嗟《とっさ》に俯く。

早く二人きりになりたい。だけどそう思っているのが、自分だけだったらどうしよう。戸惑いのまま、由輝は小さく息を吐いた。なんだかとても、緊張している。

基也がグラスを飲み干した。彼がどうするつもりか、分からない。妙に重たい沈黙に包まれる。

「……もう行こう」

オーナーが他のお客さんのオーダーをとりに行ったところで、誘ったのは由輝の方だ。ぐるぐる考えている内に、自分がどうしたいのかよく分からなくなっていた。

一瞬驚いたような顔をした後、いつもの屈託のない笑顔を浮かべた基也は、

「どこへ」

と返してきた。面白がっているような眼差しに力が抜ける。

「えっと……」

こんな時うまく誘えればいいのに、気の利いた言葉が浮かばない。由輝は経験値の低さを痛感した。

「……僕の部屋でいい？」

迷った末に口にしたのは、そんなありきたりの台詞だ。それでも誘うのには勇気が必要だった。

「もちろん」

弾んだ声にやっと、肩の力を抜けた。


玄関のドアを閉めた途端《とたん》、由輝は後ろから基也に抱きしめられた。鞄と、基也の手にあった紙袋が同時に床へ落ちた。

「……嬉しい」

こうやって抱きしめられるのを、たぶん自分は待っていたのだと思う。だってすごくほっとした。

「なに、が」

「誘ってくれたことが。ダメかと思っていたから」

「ダメって」

どういう意味かと前に回された手に自分のそれを重ねると、首筋に息がかかる。

「あれからやっぱり反省したんだ。もっとこうしてあげたかったのに、って考えて。もう会えなかったらどうしようかなんて、不安に思ってた」

くるりと反対を向かされ、あまりの勢いに足がもつれる。よろけた次の瞬間には、広い胸に抱きしめられていた。

「分かって欲しいな」

基也の指が顎にかかる。

「俺はすごくすごく由輝さんが好きで、だから今こうしている時もすごくどきどきしているって」

顔が寄せられる。自然と軽く首を傾けて、そのキスを受けた。

唇を舌が濡らしていき、なぞられる。それに応えるように開いた唇の間から、舌が入ってきた。

触れ合わす角度を変える度、口づけは深くなる。膝から崩れそうだ。耳の形を確認するように撫でられ、震える体が止まらない。目を閉じ感覚を追う。

「んっ……」

肩に掴まり、その張りつめた体を指先で感じた時、携帯が鳴った。――この音は、原に設定している着信音だ。

片目を開ける。すぐ近くに、意外と長い基也のまつげがあった。こうしてみると、整った顔立ちをしている。

意識を別のところに向けようとしても、電話が鳴り続ける。

「……出なくて、いい？」

少しだけ唇を離して見つめてくる瞳は、艶やかに輝いていた。

「いい」

首を振る。もういい。原には、待っている家族がいる。彼はもう、過去に付き合っていただけの人だ。

「ここから先も、いい？」

「どうしてそんなこと聞くの」

わざわざ確認されると、冷静になってしまう。このまま勢いで流してくれればいいのに。

「だって無理矢理したくないし。由輝さんがいやだって言ったら、我慢する」

「できるのか」

腰に当たっているこれが、同意見とは思えない。それはすっかり硬くなっている。

「……たぶん」

自信なさそうに目尻を下げた情けない表情がかわいくて、思わずその鼻をつまんでしまった。

だけど由輝だって、人のことは言えない。

「いい、けど」

この前とは違うのは、由輝自身がそんなに酔っていないことだ。

まだ理性がある。だから、迷っている。このタイミングで、原から連絡がきたせいで頭が冷えてしまった。

もう原のことを考えたって仕方がないと分かっているのに、それでも気にしてしまう。そんな自分が嫌いだ。

「けど？」

「いいのかな」

由輝の迷いに思い当たったのか、ああ、と基也が頷いた。

「……うん、いいよ」

首筋に顔が埋められる。

「俺が許す」

「そう。……ありがとう」

「どういたしまして」

ふざけたやりとりにくすくすと笑いながら、キスの続きをねだった。

「でもいつかは」

唇が触れる直前に、基也が囁く。——彼のことは忘れてもらうから、と。


由輝はベッドの上に座った基也の膝に座った。シャツのボタンが丁寧に外され、前を開かれる。

胸をゆっくりと撫でた基也が、持っていた袋から取り出したのは、ローションのボトルだった。

「新しいの買ってきた」

屈託なく笑う。

なんだ。最初からその気なんじゃないか。勇気を出して誘ったのに、損した気分だ。

「準備がいいな」

つい口調がきつくなった。

「もしも、なんて期待してたから。ごめん、怒った？」

「別に。けれど前のがあっただろう」

照れ隠しもあって俯くと、ああ、となんでもないことのように言われた。

「あれ、期限が切れてたんだ」

「えっ」

そんなこと考えてもいなかったけれど、確かにここ数年、使った記憶はない。

「やっぱり気がついてなかった？」

「うん、まったく……」

あれにも使用期限があるんだ。失念していた。

そういえばあの時、ボトルを見た基也が、久しぶりなんだねと言った。それはこういう理由だったのか。

「新品だったから平気とは思ったけどさ、やっぱり気になるから」

後ろから抱き込まれ、目の前でボトルが開けられる。人工的な甘ったるいにおい。ボトルを傾けて手に乗せるのを見て、期待にどうしようもなく胸が高鳴っていく。

ローションを指に絡める仕草のあまりの卑猥さに、ぎゅっと目を閉じた。とてもじゃないが見ていられない。

「……どっちの方が感じるの？」

鼻をうなじにすりつけられ、背がしなった。

「どっち、って」

「だから」

右の突起に、指が触れた。冷えたぬめりに体が跳ねた。

「こっちと」

「ひっ」

濡れた指が突起をぐりぐりと押す。

「こっち」

今度は左。軽く引っかかれ、電流が全身を走り抜けた。

「どっちかな？　教えて」

両方をいじられて、唇を噛みしめた。確かにそこは感じる場所だったが、こんなに意識したことはなかった。

自分で触るところじゃないし、原はここに興味がなかったのか、あまり触られた記憶がない。

だが淡く色づいたそこは、とても敏感だったのだ。今、基也が教えてくれた。

一気に血が下半身に集中していく。昂ぶったものがはしたなく蜜を零し、下着を濡らすのが分かった。

「しら、ない……」

頭を打ち振る。だって本当に知らないから、答えようがない。しかし許してはくれそうにない。首筋に噛みつかれ、右の突起に爪を立てられた。

「じゃあ一緒に調べてみよう」

尖り始めた先端を親指と人差し指で挟み、更に硬く育てていく。

「やっ、冷たいっ……」

乳首を包むローションと、塗りつけるように動く指の冷たさに背中が丸まる。

「ごめん。……俺、指が冷たいでしょ。ずっとチョコレートを触ってるから、指先が冷たくなってるんだ」

耳朶《じだ》を食《は》まれて、乳首を引っ張られた。確かに彼の指は冷えている。これは、あの繊細なショコラを生みだす指だ。そう思ったら、全身の血液が沸騰《ふっとう》したみたいに熱くなった。

「あっ、ん……」

声を抑えたくても、腕ごと後ろから抱きしめられてできない。身をよじっても逃げられず、じっくりと胸元だけを攻められ続けた。

「……左の方が感じるみたいだね」

横向きに抱き直された次の瞬間、唇が寄せられた。ねっとりと吸いつかれ、今度は舌で育てられていく。

「んんっ」

歯を立てられる。その刺激に、つい高い声を漏らした。

「あぁっ！」

太ももをすり合わせ、真ん中にたまる熱を逃がそうともがく。けれどできずに、蓄積されたものが解放を求めて暴れ回る。

「ほら、分かる？」

頷く。何度も。きっと基也は、由輝が分かると言うまで焦《じ》らし続ける気だ。まだまだ余裕がある態度が憎たらしい。

「もっ、分かった、から」

「そう？　じゃあ今度はこっち」

胸への刺激だけで昂ぶったそれを包み込まれ、下から上へ扱かれる。

「あれ、もう濡れてる」

耳に前歯が当たり、再び左手が胸の突起をいじった。膝に爪を立てて逃れようとしても、抱き竦められてできない。

右手が屹立を上下に扱く。基也の愛撫を従順に受け入れ、乱れていく体が暴走する。背骨を這うように口づけを落とされ、昂ぶったままの状態が延々と続けられた。

「も、出る、出ちゃうっ」

舌足らずな口調になったのは、もう口を閉じることができずに喉がからからだったから。腰を揺すった。早くこの、おかしくなりそうな熱を吐き出したかった。

「いいよ、出して」

やっと許可が出て、基也の手に導かれるまま上りつめる。

「あっ、あぁ！」

先端の鈴口を指で擦られた瞬間、目を閉じて極めた。迸《ほとばし》らせたものの感覚はリアルすぎて、基也の手を濡らすのが分かってても、止まらない。

頭がぼーっとする。かすみがかかった状態で、何も考えられなかった。くったりと頭を預けて呼吸を落ち着けていると、基也が右手を自分の口元に持っていく。

何をするのだろう、と視線で追うと。

「おいしいよ、由輝さんのミルク」

手の平で受け止めたそれを、基也がぺろり、と舐めた。

「やめっ……」

体液を舐め取られるその仕草に、目眩がした。まるで本当に食べられているような錯覚に、体が震える。

目を逸らした由輝を膝から下ろし、基也の横に座らされた。すぐに手が取られる。

「俺も、気持ちよくしてくれる？」

導かれた先には、布越しでもはっきりと分かるほど昂ぶったものが。

小さく頷いてから、由輝はそれと向き合った。おそるおそる手を伸ばし、布の重なりから取り出す。

「……触って欲しいな。ダメ？」

おずおずと切り出す様子とは別に、そこはもうすっかり上を向いていた。

「いいよ」

触れる。それは熱く、既に先端が濡れていた。うるみを指で軸に塗りこめるように動かす。大きくて遠慮のない形だ。顔を寄せる。この肉を、口にしてみたいと思った。自分から進んでしようと思ったのは、たぶん初めてだ。

「あっ、ちょっ、と」

ゆっくりと含む。全部は飲み込めないので、まずはちくちくとする下生えを鼻でかき分けて、先端に吸いついた。

「……いいの？」

ここまできて戸惑う声を無視し、くびれた部分までを口に含んでから、裏筋を舌で辿る。尖らせたそれで先端をつつきながら、根元まで舐めおろした。

久しぶりの行為だ。そんなにうまくはないと思うけれど、何より基也に気持ちよくなってもらいたいという意識が強かった。

「んっ」

鼻から声を漏らすのがたまらない。頭を撫でている髪を掴む指に力がこもる。握られて、かき乱された。

「すごいっ、いいよ」

我慢できなくなったのか、基也が腰を使い始めた。ゆっくりとしたそのリズムは、次第に速くなっていく。

「んんっ、おっき、い」

喉の奥まで犯されるようだ。苦しいはずなのに、興奮がおさまらない。

「うん、由輝さんがしてるんだよ」

弾んだ声と息遣い。怒張を頬張る姿を、見られている。羞恥心に熱が上がる。口腔《こうこう》でぐんと質量を増したそれの、張り出した部分に舌を這わせた。

これで体の奥をかき回される悦を知っている。思い出した途端に後ろがひくついて、自分のはしたなさに目眩がした。

「……ストップ！」

気がつくと夢中になって舐め取っていたようだ。基也が抜け出て行こうとするのを、つい恨めしげに見上げる。

「気持ちよすぎだよ、もう」

腕の下に手を入れられ、抱え上げられた。気づくと由輝自身も、再び熱を蓄えている。

「今度は下のお口で、ね」

恥ずかしさに口元を拭いながら頷く。そのまま固まっていると、基也が触れるだけのキスをくれた。

「欲しい？」

それは確認する口調でも、答えを期待はされていなかった。

指が動いている。入口を撫でて、収縮する内側に入ってこようとする。

早く、と思うのに、基也はただ入口を撫でるように触れてくるだけだった。

「じゃあ、教えて」

「なに、を」

艶の混ざった瞳に、見惚れた。

こんな眼差しに見つめられたら、それだけで溶けてしまいそうだ。

「由輝さんの好きな体位。後ろからがいい？　それとも上？」

だが口にしたのは、そんなあけすけな質問だった。答えられるはずもなく、唇を噛む。

「どんなのが好き？」

「わから、ない……」

原とする時は、いつも後ろから受け入れていた。きっと彼が好きだったのだろう。

だけど自分がそれを好きかというと、たぶん違うと思う。

「じゃあ、今日は顔見ながらしようか」

広げられた足の間に膝が入れられる。昂ぶった部分をあからさまに差し出すような格好は恥ずかしく、目を閉じた。

「大丈夫、ゆっくり解すから」

指が入ってきて、感じる、と言うまでいじられる。解されて広げられ、更に滴るほどローションを注がれた。

むずむずした感じはやがてずきずきとしたうずきに変わり、そしてすぐにはっきりとした快楽に変化する。

「痛かったら言ってね」

足を軽々と持ち上げられ、二つ折りにされてしまう。肩で体を支えるような体勢は苦しくて、でもだからこそ気持ちいい。

「ひっ、あぁぁ」

前触れもなしに欲望が押し当てられたかと思うと、一気に貫かれる。熱い楔は、有無も言わせず入り込んできた。

身構えていなかったせいで、あっさりと埋めこまれてしまった。今更侵入されたことに驚いたように締めつけるのが、まるで浅ましい反応のようにも感じる。

「きつっ」

基也が唸り、足首を掴み直された。そのままごりごりと奥までねじ込まれる。容赦ない動きに全身が一皮剥《む》かれたように感じやすくなり、シーツに擦れる感覚にさえ身をよじってしまう。

「すごい、あっ……いい」

内側の弱い部分を擦られると、内壁がとろんと蕩けていくのが分かる。ふしだらな言葉も、口にしないともう死んでしまいそうだ。

「俺も……由輝さん、そんなに締めないで……」

どこか苦しそうな表情。顎から汗が滴り、ぽたぽたと胸元に落ちてきた。それがまた興奮を誘う。内側にたまった熱が今にも爆発しそうだ。

「あっ」

官能の琴線《きんせん》があるとしたら、きっと今、それをかき鳴らされている。律動は激しく、貪られるという表現がぴったりだった。

「やっ、もと、……や」

身をよじる、けれど逃げられず、結合はいっそう深くなった。

「ふぁ、……あっ……！」

我を忘れるほどの、深い悦楽だった。ダイレクトに神経を鷲掴《わしづか》みにされて、堪えきれなか

った。

「いくっ、も、あぁっ！」

弾ける、と思った。次の瞬間、どくどくと白濁が飛ぶ。首筋から鎖骨、そして胸元に散る。もう少しで顔にかかりそうな、凄まじい勢いだった。

「ふっ、うぅ」

あまりの快楽と自分の淫らさに泣きたくなった。実際、目尻からはなんだかよく分からない液体が流れている。

それを吸いとられ、狂態を見ていた基也ににやりと笑われた。とんでもなく色気に溢れた、男の顔をしている。

足を下ろされた。由輝がやっと呼吸を整えられるようになった頃、基也が呟く。

「すごいね」

彼が見下ろしているのは、汚れた胸元だった。自分が撒《ま》き散らしたそれが、温度を失い冷えていた。

「あんなにいやらしくいってくれるなんて、感動しちゃった」

からかうような声色で、けれど優しく宥《なだ》めるように胸元をさすってくれる。

「でも勝手にいっちゃダメだよ」

いきなり左の突起をぎゅっ、とひねられた。

「いたっ」

しなった瞬間に奥深くまで飲み込んでしまい、更に息が止まる。内側に留まっている基也のものは、まだ達していないのだ。

「おしおき」

放ったものを胸の突起に塗りこめられ、押しつぶすように擦られる。湧き起こった喜悦が、再び由輝に火を点けた。

「だって、基也が」

「俺が、何?」

続きは言えなかった。腰を抱えられ、基也が動き始めたせいだ。

「んっ、やっ、やすま、せて」

「ごめん、無理。俺も限界だから」

懇願はあっさりと無視され、めちゃくちゃに突き上げられる。

「ひっ、いい、あっ、そこ、……おかしく……、なっちゃう」

全身が性器になったみたいだ。触れられたところ全部が、泣きたいほどいい。抉《えぐ》るような腰遣いに荒い息遣い、手加減のない動きが、発情しきった体を悦楽に沈める。

「いいよ、おかしくなろう」

甘い誘惑に、由輝は溺れるしかなかった。

「あれ……」

フェアの説明資料を作っている途中、資料として眺めていた女性誌の記事が目に留まった。思わず声をあげる。

最近発売された雑誌のスイーツ特集だ。毎月どこかの女性誌で必ず特集が組まれるほど人気なのは、やはり洋服や服飾品に比べて単価が低い割に、贅沢な気持ちが味わえるからだろうか。

話題の店と商品をチェックしていたはずなのに、目に入ったのは基也の写真だった。彼は若手パティシエの中に混じって紹介されていた。肩書きはちゃんとショコラティエ、となってはいたが。

バストショットで、優しい顔をして笑っている。もちろん、記事は褒め言葉の嵐だ。

掲載されている人たちの中で、一番格好いいのは基也だ。顔立ちだけでなく、体格もすべて、と考えてから、仕事中に何を考えているのかと我に返った。

「……」

静かに雑誌を閉じる。こんな風に何かある度にすぐ、基也のことばかり考えてしまう。おかしい。頭の片隅にはいつも基也の熱っぽい囁きがリフレインして、微熱状態がずっと続いている。

目を閉じただけであの淫らな時間を思い出し、顔が上気してしまうのだ。毎日がこの調子で、由輝は困惑している。

肌が合う、というのはきっとああいうことだと思う。原とは感じたことのない、強烈な感覚に振り回されている。

また熱が上がる前に気持ちを切り替えようと、閉じた雑誌を脇に置く。ちょうどメールが着信した。ディスプレイで確認する。基也からだった。

『試作品完成』というタイトルに、早速添付された写真を開く。

写っていたのは、粉雪のようなシュガーをまぶした、トリュフだった。色が濃いからビタータイプと思われる。今度食べさせてくれるだろうか。楽しみだ。

今度。約束はしなかったけれど、次のことを当然のように由輝は考え始めている。

会いたい、と思った。それは胸が締めつけられるような強さではないけれど、確実に感じる想いだ。

まるで昔に戻ったかのような純粋な気持ちを胸に、メールを返す。文面に迷いながら、『おいしそうだ。楽しみにしている』と打った。

「どうかしたんですか」

いきなり内村に話しかけられて、飛び上がりそうになってしまった。なんでもない、と首を振ってメールを送信する。

覗きこまれる前に、と携帯を脇にどけた。

「ちょっと考えごと。どうかした？」

「はい、各店舗の商品ラインナップが出揃いましたので見ていただきたいと思いまして」

各店から出た資料を基に、必要なショーケースの数を確認する。大事な仕事だ。裏方の仕事に失敗は許されない。

集中しよう。そう思うのに、微熱は下がりそうになかった。

地下の食品フロアでの打ち合わせの前に、由輝は賑わう店内を歩く。

夏場に意外と売れるのが、揚げ物などのお惣菜だ。この暑さで揚げ物を家でなんて冗談じゃない、というところだろう。気持ちは分かる。

逆に苦戦しているのが、和洋菓子だ。目的の店へ向かうべくそのゾーンを通り抜けようとした時、あら、と声をかけられた。

「お久しぶりです」

顔見知りには必ず挨拶する。それが礼儀だと思っている。

「本当に御無沙汰《ごぶさた》よ」

母親くらいの年の、老舗《しにせ》和菓子店の店長がそう言って背中を叩いた。

「清野さん、顔色よくなったじゃないの。たまに見たら元気なさそうだから、心配してたのよ。ね」

「そうそう、みんなで話してたのよ。異動してから清野さんが元気ないって」

横にあるお茶屋さんが口を挟む。

「みなさんに会えなくて淋しいからですよ」

「まぁた、うまいんだから」

二人とも、由輝よりこの百貨店にいる時間が長い人生の先輩たちだ。入社してすぐの頃からお世話になっているから、頭が上がらない。

そしてこの人たちのおかげで、お客様は気持ちよく買物できるのだ。

最近の売り場についての情報交換は参考になる。去年くらいから、自宅用の簡易包装にしてくれというお客様が増えたそうだ。自分用にと高価なものを買い求める習慣ができているのかもしれない。

もっと話を聞きたかったが、売り場でもあるし打ち合わせの時間もある。残念ですが、と手にしていたファイルを抱え直した。

「そろそろ時間なんで、失礼します」

「また来てよ」

心からの笑顔は、やはり嬉しい。あったかい気持ちになれる。

「ええ、もちろん」

地下フロアに来ると、元気になれる。だってこんなにも、活気に溢れているのだ。ここに戻ってきたい気持ちはある。けれどそれは、今じゃなくてもいい。


火曜日が待ち遠しいのは、その日に会おうと基也からメールが来たからだ。甘えている自覚はある。由輝から誘うこともできるのに、誘われるのを待っているのだから。

毎日送られてくるメールは、些細なことから仕事のことまでといろいろだ。そのひとつひとつを、覚えるほど読み返してしまう。時間ができる度にそうしている。おかげで電池の減りが早い。

昔に戻ったように毎日が楽しく、そしてあっという間に過ぎていく。これまで原を待っていた日々とは、あきらかに気分が違った。

生活が潤っていく。と同時に、やっぱり自分はしがみついていたのだと痛感する。原にも、そしてあの売り場にいて充実した日々の自分にも。

残念なことに火曜日は雨が降っていた。

少し遅くなります、という基也のメールを確認して、運ばれてきたグラスに口をつける。

「幸せそうね」

オーナーに微笑まれ、首を傾げた。

「えっ？」

「うまくいったんでしょ」

基也のことを言っているのだ、と分かった途端に顔が赤くなった。

「あんな奴のこと忘れて、基也にいっぱい甘やかしてもらいなさい」

冷えたグラスを握り、曖昧に微笑む。

「最低な男に関わるなんて、時間の無駄よ」

「無駄、か。そうだね」

「そうよ。日陰の身なんて流行《はや》らないわよ」

日陰。何も話していないのに、どうしてこんなことを言うのだろう。ふと感じた疑問を、そのまま口にしていた。

「オーナー、もしかして何か知ってた？」

「ん、まあその偶然、ね」

話したかったのだろう。曖昧な笑みを浮かべながら実は、とオーナーが口を開いた。

原は最近、家を建てたらしい。それは偶然にもオーナーが住むマンションの近くだったという。

「姿を見かけた時はびっくりしたわよ。もちろん、声はかけなかったけどね」

その話だけで、充分だった。しかしオーナーは話を続ける。

「見ちゃったのよ。子供連れてて、これはもう決定的って思っちゃった。だから由輝に話すかどうか、すごく迷ったの」

家を買う。子供を育てる。もう絶対に離婚するつもりはないのだと、はっきりと分かる行動だ。

「そう、なんだ。……ごめんね、気を使わせて」

「由輝が謝ることじゃないわよ。お客さんだけど、本当にあんな最低の男、待つ価値なんてない」

もし自分がオーナーの立場だったら、きっと同じことを忠告した。客観的に見れば当然だ。

何も知らず、ただ待っていた自分は、原にとって一体どんな存在なのだろう。

それでも理不尽なもので、今ここで原が来たらどうしよう、なんて考えてもいる。

考えても仕方がないことだ。彼からのメールも電話も無視しているし、もう会わないだろう。

ドアが開く音。もしかして、と怖くて振り返らずにいると、

「おまたせ」

肩に手が置かれる。基也だ。

「ちょうど今、話してたところよ」

「え、俺のこと？」

オーナーが二人のこと、と身を乗り出した。

「お似合いよ、ってひやかしてたの」

その台詞に基也が困ったように目尻を下げた。

「でもまだ恋人じゃないんだよ」

ね、と同意を求められても困る。

「あら、そうなの？」

なーんだ、とオーナーがつまらなそうな顔をする。よほど自分たちをくっつけてしまいたいらしい。

「うん。まだ昇格できてない」

「じゃあ何、どういうこと」

友達、ではない。恋人でもない。けれど体だけ、と割り切ってもいない。まだ微妙なポジ

ションは、なんと表現すればいいのか。

「とりあえずはそうだな、試食？」

「なっ」

あまりの言葉に呆然《ぼうぜん》としてグラスを落とすところだった。口にしてから意味に気がついたのか、基也が慌てて手を振る。

「違う違う、俺が食べられてるの。由輝さんが試食中」

またとんでもない表現をされて、オーナーと共に頭を抱える。

「なんだよ、二人とも。もっとこう、純粋に物事を考えてくれないのかな」

「どうせ汚れきってるわよ。で、どうなの。おいしいの？」

あけすけな言葉に頭痛がした。だが興味津々の二人の顔は、明らかに答えを要求している。

「……まだ分からないよ」

やっと口から出た台詞に、基也が口を歪めた。

「じゃあおいしかったら、恋人にしてくれるかな？」

肩を寄せられ、今度こそ何も、答えられなかった。

店を出て向かった先は、近くにある基也のマンションだった。

家族向けのような広さのそれは、あまり物がなくすっきりと片付いている。リビングはソファにテーブルとオーディオ類のみ、寝室には大きなベッドだけというシンプルさだ。

そのベッドで目を覚ましたのは、既に昼近くだった。初めて彼の部屋に、泊まった。

甘やかしたがりと自称する基也は、由輝に何もさせない。今も楽しそうにキッチンで朝食を作っている。さすがというべきか、キッチンは充実していた。

手伝うと申し出たのだが、いいから休んで、とソファに座らされた。

確かに昨夜「試食して」と言われて散々焦らされてしまったから、腰は重いし体は疲れている。けれどそれは、決して不快な疲れではなかった。

バターの香ばしいにおいに空腹を認識したところで、キッチンから基也が顔を出した。腰から下だけのエプロンがよく似合っている。

「はい、おまたせ」

チョコレートパンケーキが運ばれてきた。メープルシロップとバターが添えられている。

コーヒーをテーブルに置いたら、準備完了だ。

向かい合わせに座るのは、まだ少し照れくさい。

「切るね」

「いいよ、自分でする」

そこまでしてもらうのは、と手を出す。だがだめだと皿を引かれた。

「俺がしたいの」

じゃあ、とお願いすると、手際よく切り分けてくれる。そしてフォークで一切れ、刺した。

「はい」

口元にパンケーキが押し当てられる。

「ほら、口開けて」

「……」

言われるがまま薄く唇を開く。押し込まれる。

意外なほどさっぱりした味だった。見た目はとても甘そうだが、口にしてみるとそうでもない。

「おいしい?」

「……うん。面白い味だね」

「リコッタチーズが入ってる。朝にはこれくらいの方がいいかと思って」

次の一口を準備する基也の姿は、とても嬉しそうだった。

まるで餌付《えづ》けだ。与えられたものを食べて、自分からは何もせずに、次を待つ。

優しくされることに慣れていないから、こんな風に世話を焼かれるとくすぐったくて仕方がない。もぞもぞとしながらも、その優しさに甘えた。

食事を終えると、二人でＴＶを観た。といっても、偶然つけたＢＳのチャンネルで流れていた映画を、眺めただけだ。

数年前に公開された映画は、当時観たいと思っていたものだった。結局見逃したのは、一人で行くのがいやだったのと、原を誘ったけど断られたからだ。

だからどうした、というようなラブコメだった。男が職場の女に惚れ、彼女を口説き落とすまでをコメディタッチで描いたもの。それなりに面白い。ただどうして観たかったのか、その理由はもう忘れてしまった。

「ごめんね」

大きめのソファの上で後ろから由輝を抱きこんだ基也がいきなりそう呟いた。

「何が？」

映画の中で男は、初めて憧れの女と一晩を共にしている。

「ずっとべたべたしてて。本当は行きたいところ、あるんじゃないの？」

「特には思いつかないいな」

幸せそうな朝の映像。まるで自分たちみたいだと思うと、勝手に照れてしまいつい視線を逸らした。

「そう。じゃあ次はどっか行こう。夏なんだから、海に行ってもいいね」

髪を指に巻きつかせて戯れながら、基也が言った。

「この状態で？」

首筋を指す。昨夜つけられた噛み痕がくっきりと残っている。きっと背中にだってあるはずだ。

まるで動物の愛情確認みたいに、しつこく愛咬《あいこう》された。別に、いやではなかった。

「……んーっと、山の方がいいかな」

慌てたように基也が話を逸らす。

「それともベタだけど、遊園地でも行っちゃう？」

夏休みだからどこも混んでるけど、と付け加えた。

「……夏休み、か」

きっと原も夏休みを取るだろう。あと少しすれば、子供をどこかに連れていく姿を見るようになるのだろうか。

埒《らち》もないことを考えるのは時間の無駄だ。

頭を振ってネガティブな思考を追いやり、視線をテレビに戻した。男は次のデートを準備するが、女は来ない。

「まあいいよ。僕はそんなにアウトドアな人間じゃないし、特に行きたいところもないから。……それに暑いの苦手なんだ」

「そうなの？」

「うん。すごく汗をかくし、疲れるから」

「そうなんだ。由輝さんって、涼しげなイメージがあるから汗をかく感じしないなぁ。寒いのは平気なの？」

それもあまり、と首を振る。由輝は適温範囲がとても狭い自覚があった。

「実はそれでデパートに就職したんだ。年中、快適な温度だから」

「はは、なるほどね」

映画の中、諦めない男が決めたデートはドライブで海に行くというありがちなものだった。だが計画を立てている姿は嬉しそうだ。

「基也の方こそ、どこか行きたいところがあるんじゃないの？」

急に不安になってきた。基也はいつも由輝を優先してくれるけれど、彼にだって希望はあるはずだ。

「別にないよ。由輝さんといられるなら」

さらりと口にした言葉で赤面させてから、ぎゅっと抱きしめられる。

「夢みたいなんだ。ずっと好きだった由輝さんと、こんな風に過ごせるなんて。だからずっとこうしてたい」

頬をすり寄せてくる。ざらりとした感触は剃ってない髭だ。くすぐったさに身をよじって逃げる。

「……好きなんです」

囁きはどこまでも甘い。

真顔で当たり前のように愛を囁く男が、この世に存在するなんて知らなかった。

「いつか由輝さんには好きって言ってもらうからね」

今はまだいいよ、なんて甘やかしてくれる。言葉を惜しまないから、不安なんてすぐに消えてしまう。

「恋人に昇格したら、もっと好き勝手させてもらうよ」

想像するのは自由だ。きっと基也なら、何より自分を大切にしてくれる、理想的な恋人になるだろう。

この映画の、彼のように。物語がハッピーエンドに進んでいくのが分かる。自分たちもこうなれるのかな。

「……いつか、ね」

けれどそう答えるのが、今は精一杯だった。まだ分からない。体が心を引きずって、惹かれているのかもしれないという疑問が、ほんのわずか、残っている。

テレビの画面に、主演俳優の横顔がアップになる。

そうだ、この映画を観たかった理由を思い出した、この主演俳優が、どこか原に似ていると思ったからだった。

そう考えると急に、映画の内容がどうでもよくなってきた。今は彼のことなんて考えたくない。


「清野さん、何かあった？」

打ち合わせを終えて地下の食品フロアを歩いていると、顔見知りのテナントの店長が声をかけてきた。

今回のフェアにも参加をお願いしている、大手の洋菓子店だ。店長は同年代の男性で、このフロアにいた頃はよく話をした。

「え、何か？」

いきなりのことにきょとんとしていると、肘でつつかれる。

「すごく嬉しそうな顔、してましたよ」

「そうですか？」

意識はしていなかっただけに戸惑う。なんのことだろう。

「またまた噂なんですよ。プリンスが最近、すごく嬉しそうだって」

「……もうその名前は勘弁してください」

面と向かって言われると恥ずかしいことこの上ない。

「いやいや、今でも地下では清野さんがプリンスですよ。で、何かあったんですか？」

いかにも興味があります、という顔で迫られて、由輝は首を振った。

「仕事で張りきっているだけです」

「ああ、フェア？　でも本当にそれだけかな？」

含みのある発言に引っかかるほど単純ではない。

「本当にそれだけです」

微笑んで白を切る。だがちょっとどきりとしたのは、やはり基也のことがあるからだ。

「もったいぶらないで教えてくださいよ。プリンスに恋人発覚となると、うちのバイトの女の子、泣いちゃうんですから」

「またそんな冗談を。誤解を広めないでください。僕にチャンスがなくなる」

「なるほど、了解しました！」

わざとらしく手を上げる店長に笑って別れを告げ、出入り口からバックヤードに入る。

そんなに自分は変わったのか？　この前、売り場の人に元気になったと言われたばかりだ。変わった自覚がないだけに不思議だ。

階段にある鏡で思わず顔を確認する。そこに立っていたのは、確かにいつもより柔らかい表情の自分だった。自然と笑顔になっている。今なら迷子の案内もできそうだ。

フェアの二ヶ月前、店全体の販促会議が行われた。店長にフェアの企画を説明する会議だ。ここで覆《くつがえ》ることはほとんどないから、承認を得るとはいえ形ばかりだ。それでも緊張する。店長は滅多に顔を合わせることがない存在なのだ。

「今回のフェアでは、百貨店初出店となります『ショコラティエ・ソエジマ』を目玉としたいと考えています」

資料として企画書に新聞広告のレイアウト、雑誌の記事のコピーまで準備した。

「こちらは雑誌でも取り上げられた有名店で知名度が高く、今後にも期待ができます。こちらが商品です」

用意しておいたのはボンボン・ショコラ数粒と、ガトーショコラだ。

食べてもらえれば分かる。基也の作り出す本物の味は、体験してもらうのが一番早い。

確信して差し出したガトーショコラをしげしげと眺めてから口にした店長は、すぐに目を細めた。

「なるほど。話題になる店というのも納得だ。それで、商品はどうなる。本店と同じものか」

「基本的にはその予定です。ただ、更にオトナのスイーツをテーマに、新しい商品を開発していただいています。それが間に合えば、当店で独占販売となります」

「ふむ」

資料を読んだ店長が腕を組む。

「承認しよう。特にこの店は、売上次第では当店と独占契約ができないか考える必要があるな」

「はい。できればバレンタインもと思います」

チョコレートといえばバレンタインだ。できればその時も、と欲張ってしまう。それほど基也が作り出すものは魅力的なのだ。必ず買っていただける。

「とにかく決めるのは全主だ。フェアが楽しみだな」

書類をまとめて店長が立ち上がった。会議終了の合図だ。

「それと清野くん」

店長に呼ばれ、姿勢を正した。

「うちから名物となる商品が出せるよう、期待している」

「はい、頑張ります！」

頭を下げる。店長が出て行った後、横にいた課長が褒めてくれた。

「いいプレゼンだった」

「ありがとうございます」

自分が手がけるものが、形になろうとしている。それは新たな喜びとして、由輝を楽しくさせた。


最高気温が体温と同じ、なんて嘘だと思いたい。

「暑いね」

「……うん」

滲む汗は拭くことすら追いつかなくて、Tシャツを濡らしていく。

夏本番の今日は水曜日、休みだった。基也と二人で、新しい商品の市場調査という名目で外出した。実際、由輝は本当に調査をするつもりだった。

「デートするの初めてだね」

だけど、幸せそうに微笑む男に、何を言い返せるだろう。つまりこれはデートなのだ。

「普段着の由輝さんってなんか新鮮」

「そうだな、いつもスーツだし」

さすがに今日はカジュアルな格好だ。基也もジーンズにTシャツ姿だった。半袖から覗く二の腕は鍛え上げられている。

「それはそれでいいけどね。仕事場では制服なの？」

「売り場にヘルプで出る時は着るけれど、普段は着てない」

上着代わりに羽織るタイプの制服は、真っ白に海藤百貨店のイメージカラーであるブルーのパイピングが施されたもの。売り場によっては帽子をかぶることもあるが、由輝はそれが絶望的なほど似合わなかった。

「じゃあ今度のフェアでは着る？」

「ああ、たぶん」

「楽しみだな」

数歩先を歩く基也が髪をかきあげて笑った。爽やかすぎるほどの笑顔だった。

「さて、ここです」

基也が案内してくれたのは、小さなカフェだった。顔見知りらしき男性に挨拶して、奥の席に着く。

男性はすぐに水を手にやってきた。

「暑かったか？」

「信じられないくらい。ここに来るのに駅から歩いただけで汗かいた」

「だろ。はい、お水です」

ありがとうとお礼を言って受け取り、早速飲ませてもらう。冷たい水が喉を通るのが気持ちぃい。

「こちらは？」

「俺の大事な人」

あまりの台詞に、一瞬水をふきかけた。

「ああ、そういうこと。じゃあまずいことは喋らないようにします」

店の男はわざとらしく頭を下げた。基也は余計なことを言うなと釘を刺している。

なんだろう、この会話。由輝の常識にはないやりとりだ。

ちょっと待って、と男性が奥に引っ込んだのを確認して、基也をつついた。

「いいのか、あんなの」

「あれ、まずかったかな」

慌てたような顔にそうじゃなくて、と首を振る。

「彼は友達なんだろ」

「まあそうだね。でもまあ、俺はいいよ」

基也にとっては別に気を使うほどのことでもないらしい。

こんなことは初めてだった。原は由輝を大学以外の友達に紹介していなかったし、人目を気にしてこんな風に二人で出かけたこともなかった。

これが普通の付き合いなのだろうか。男同士でも、こんな風に過ごしてもいいのか。

混乱したまま口をつぐんだ。基也といると初めてのことばかりだ。

戸惑うさまを気づかれないように、さりげなく店内を見回す。あまり広くはない店内にはジャズが流れ、大きな椅子に埋もれるように女性客が座っていた。落ち着いて寛げる場所なのだろう。雑誌を読んだり、何かを書いたりと思い思いに過ごしているようだ。

「はい、おまたせしました」

何も頼んでいないのに、クリームを添えられたガトーショコラとアイスコーヒーが置かれた。

「これ……」

見たことがある、と思った。一見するとごく普通の、三角形に切られたガトーショコラだ。表面に粉砂糖が振ってあるだけの素朴な外見をしていた。高さはあまりなくて、綺麗に整った断面が濃厚さを教えてくれる。

間違いない。これは基也の店のガトーショコラだ。

「あ、分かった?」

ゆったりと椅子に座った基也が足を組んだ。

「もちろん」

分からないはずがない。ガトーショコラは、由輝が初めて口にした基也の味だ。

「ここ、俺の店なんだ」

「はっ？」

言っている意味が分からず、首を傾げる。俺の店？　ここも？

「この店、俺が経営してるの。正確にはこの店長と二人で」

「そういうことです」

横に立っていた男性が微笑む。

「なぜ？　店にもカフェがあるだろう」

高級感が溢れるあの店のカフェとは、あまりに雰囲気が違いすぎる。

「あっちとは別だよ。うちはいきなり有名になりすぎたから、一度味で勝負したくなったんだ。名前だけが先行して、本当に味がいいのかが分からなくなると困るから」

「だからこの店を？」

「迷ってた時にこいつがちょうど店をやりたいって言い出して、それならと共同経営にしたんです。今はいろいろと試してるところ」

想像もしていなかった話だ。

あっという間に有名になっても、それに甘んじていないのはその姿勢から伝わってきていた。しかしここまでしているとは。

「あっ、これは内緒でお願いしますね」

しーっと唇に指を押し当てる。

「分かった」

真面目で、そして自分の仕事に真摯《しんし》な男なのだろう。まったく、どこまでもすごい男だ。

「食べてください」

「ああ、いただくよ」

フォークを手に取った時、店長と分かったその男性が微笑みかけてくる。

「でもびっくりしたな。まさか連れてくるなんて」

なんのことかと基也を見たら、困った顔がそこにあった。

「だってこちらが、お前の憧れの人なんだろ」

憧れの人。その言葉に、基也は慌てて店長の口をふさごうとした。しかし簡単に逃げられる。

「馬鹿、余計なこと言うなよ」

「なんだよ、照れるなって」

ちょうどそこで店長に声がかけられ、にやにやしたまま行ってしまう。含みのある発言に、説明しろ、と目で脅した。

テーブルに肘をついて黙っていると、恥ずかしい話だけど、と切り出す。

「何度も言いましたけど、俺ずっと由輝さんを見てました」

くすぐったいような話になる予感がして、由輝は居住まいを正した。

「初めて見た時、由輝さんは笑ってました」

「笑ってた？」

「うん。グラス持って、あの人と何か話してた。笑いながら」

「……」

それは一体どれくらい前の話なのだろう。もう原と笑い合った記憶がない。それだけ前の話なのか。

「すごくかわいかったし、その……」

一目ぼれでした、と小さな声で口にする。照れたような表情に、自分もきっと頬が染まっていたと思う。

「好みのタイプなんです。綺麗で清潔感があって。整っている顔が笑うと優しくなるのが気になって、いつも見てた」

自分にはもったいないような賛辞に、なんだかむずむずとする。いたたまれなささえ覚えた。

「ずっと見てたから、由輝さんが店で一人のことが多くなったのにはすぐ気がつきました。だからどうしても話したい、って思いきってオーナーに相談したんです」

目を細めて上から下まで見られて、それからいろいろと質問責めにされたという。これまでの恋愛まで語らされたらしい。

「オーナーがそんなに心配するなんて、よほど由輝さんのことを気にかけているんだと分かりました。お許しが出て、初めて声をかけた時はもう緊張して声が震えたんです」

思い出してみれば、初めて会話したのはオーナーが基也に声をかけて会話に参加させてくれたからだ。ただ最初にハンカチを貸してくれただけでは、会話は始まらなかっただろう。

「やっと話すようになってからも、一挙一動に視線が釘付けでした」

俯いた基也は、ストローでぐるぐるとアイスコーヒーをかき回す。

「でも由輝さんには、待っている恋人がいる。奪うなんてことはできない、ずっとそう思って諦めてた。ただ話せるだけでも、充分なんだと言い聞かせて」

だけど、と基也の独白は続く。

「見たんです。あの人が来ない夜、時計を気にしながらため息ついてる由輝さんを」

俺ならそんな顔させせない。そう思ったから、本気で口説くことにしたのだと、真っ直ぐな眼差しで告白される。

「そんなとこ、見てたんだ」

確かに由輝はいつもあの店で、来るかどうかも分からない原を待っていた。きっとため息をたくさん、ついていただろう。

「見てました。だから時間をかけても振り返ってもらう覚悟をしたんです。始まりはちょっと予想してなかったけど、どんどん好きになる自分が止められません」

すぐ近くには人がいる。そんな中でも、基也は堂々と由輝の手を取った。

「俺は待ちます。だから答えが出るまで、そばにいることを許してください」

真摯な色を浮かべた瞳には、由輝だけが映っている。ぶつけられた想いにできたことといえば、小さく頷くことくらいだった。


それから二人で、基也が顔見知りという創作和食の店で食事をした。

「俺の実家に連れていってもいいけど」

という誘いは、丁重に断らせていただく。さすがにそれは心臓に悪い。

部屋は個室だった。和風の座敷席は寛ぐには充分で、それに人目を気にしないことがこんなにも楽しいとは思わなかった。

かつおだしをトマトにかけたサラダと、枝豆のスープ。そして野菜の串焼き。次々と供《きょう》される料理は素材の味を生かした薄味のもので、どれもおいしい。

ゆっくりと料理と会話を楽しむ。不思議なことにこのメニューにと出されたのはシャンパンで、それも由輝の好みとぴったり一致していた。

メインは野菜のてんぷらで、それとつくねごはんは最高の組み合わせだった。これでも充分すぎるほどだったが、デザートのシャーベットまで残さずきっちりと味わう。

「おいしかった？」

「とっても」

食べ物の好みが一緒なのだな、と思うと嬉しくもなる。原は濃い目の味が好きで、まったく好みが合わなかった。

基也の修行中の話から、由輝が迷子に泣かれて困った話まで、どれも食事をおいしく彩《いろど》ってくれる。こんな風に誰かと共に時間を過ごすことが、楽しいなんて忘れていた。

今日はこのまま泊まっていくのかな。駅からの道を酔い醒ましにと歩きながら、時々手を繋いだりしているとあっという間に家に着いた。

当然のように入るだろう、とドアを開けた。それなのに、基也は立ったまま動かない。

「今日は帰るね」

「えっ」

このまま部屋に入って、その先も、と考えていたのに。無意識に残念そうな口調になってしまう。

だが基也は本当に帰るつもりらしく、靴を脱ごうとしなかった。

「新製品のアイディアが浮かんで、試しておきたいんだ。これから店に戻る」

じゃあね、と額にキスをくれる。

「……残念？」

からかうような口調に答えるように、唇をぶつける。驚いたように見開いた目に微笑んだ。

「楽しみにしてるよ」

一番に食べさせるという約束をして、基也が帰っていく。

本当は引き止めたい。ちょっとでいいから一緒にいよう、と。

だけどなんと言えばいいのか、分からなかった。そのまま基也を見送る。

自分から行動を起こせない。どうしていいか分からず、ただ黙ってしまうことしかできないのだ。強引な男と付き合ってきたせいか。

ドアを閉める。携帯を手に取り、今日はありがとう、とだけ書いて基也にメールを送信した。彼のアイディアがいい方向へと進むことを祈りながら。


『ショコラティエ・ソエジマ』には、今日も行列ができていた。

「すごいですね、真夏なのに」

「まったくだ。カフェも混んでる」

内村が感心したように呟く。フェアの商品についての打ち合わせに同行させたのは、とにかく仕事を覚えてもらいたいからだ。

何もかも一人でやるのは無理だ。まだまだ頼りない後輩の姿は、昔の自分の姿とも重なる。

「こんにちは」

すっかり顔見知りになった女性スタッフに挨拶をする。ここのスタッフは全員、感動するほどに愛想がよい。

「いらっしゃいませ。副島は奥におります。どうぞ」

「はい。では失礼します」

奥に通されると、すぐに基也がやってきた。もう見慣れた、白のコックコート姿だ。

「おまたせしました」

立ち上がって頭を下げる。と、横の内村に軽く首を傾げた。

「はじめまして。私、清野と同じ課におります、内村と申します」

「副島です。まあかけてください」

促されて腰を下ろし、早速ショーケースなどの什器《じゅうき》の話になった。レイアウト図を広げ、什器のカタログとあわせて説明する。

「通路はこちらですので、ここにショーケース。この柱の部分にレジと資材を置きたいと考えています」

「スタッフは常時三名体制ですが、狭くはないですか？」

「通常でしたら充分かと思います」

基也の指摘に、内村の声は緊張からか上ずった。

「他店がどうかは分かりませんが、うちではボンボン・ショコラを箱詰めする際にスペースが必要となります。ここに台がないと厳しいですね」

「はぁ、なるほど」

確かに今準備している店のスペースでは、今の店と同じようなラッピングは難しいだろう。計画の前に、内村をこの店に連れてくるべきだった。いやそれより、自分が気づいてあげれば。

「それと、お客様にお並びいただく際、ここから人の流れを作ると、商品の出入りができません。日に三回の商品の搬入時は、どうすればいいでしょう」

「それは、その」

完全に内村の目が泳いだ。

「副島さん、そこでひとつ提案ですが」

しどろもどろの後輩が見ていられず、口を挟んだ。

「ここの通路に什器を置いて、そこにガトーショコラを配置するのでは如何《いかが》でしょうか。出来上がったものをすぐケースでここに陳列できます。もっとも、そんな時間もなく売れてしまうと思いますが」

指で示したのは、レイアウト図の柱の陰だ。そこはカード払いや領収書などの発行を受け付けるべく、食品係で準備していたスペースだった。

「それだけスペースをいただけるとありがたいです。が、可能なんですか？」

由輝を見る基也の目に、いつもの甘さはない。ビジネスの顔をした基也は、背がぞくりとするほどの色気があった。

「可能です。ただオープンタイプの什器を置くことになりますので、それでよければ」

「オープン、か……」

腕組みした基也が考え込む。

お客様が商品を手に取れるオープン型の什器は、どうしても高級感が落ちる。だがこの柱の陰にあるスペースは、電源の関係上、腰の高さまでしかない什器しか置けない。

「分かりました。スペースがないよりはあった方がいい。それでお願いします」

基也の決断は早かった。

「はい、じゃあ新しいレイアウト図はまたすぐにお持ちします」

よかった、と胸を撫で下ろす。

「ああ、それなんですが、来週そちらにお邪魔したいんです。一度場所を確認したいもので」

「どうぞ、大歓迎です」

時間を調整してご連絡します、と会話をまとめたところで立ち上がる。そうだ、と基也がふと口元を緩めた。

「その時、新製品をお持ちします。ぜひ食べてみてください」

新製品。今回のフェアのために、基也が試行錯誤を繰り返しているものだ。

「とても楽しみにしています。それと申し訳ありませんが、お店の中を拝見できないでしょうか。実際にどれだけの人数とスペースでお仕事をされているのか、参考に」

「どうぞ。ご案内しますよ」

基也と店に出て、ショーケースを確認する。内村にはスタッフから、商品のラッピングについて説明を受けてもらう。

今日の基也はなんだか不機嫌にも見える。そう思ったが、内村がいる以上は口には出せなかった。

忙しいのかな。それとも新製品がうまくいってないのか。どうも基也の態度が気になった。

「——副島さん、最近すごく機嫌がいいんだってお店の子が話してたんですけど」

帰りの電車の中、内村がいきなり言い出した。

すごく機嫌が悪いように見えたのだが、そんなことはないのだろうか。

「女の子に声をかけるのが早いな」

「へへ。だってあそこみんなかわいいんですよ」

まったく調子のいいことだ。あれだけしどろもどろだったくせに。

「で、今恋人ができたんじゃないかって噂らしいです。ずっとフリーだったけれど、最近毎日すごく楽しそうでお弟子さんが怪しんでるそうですよ。何か知りませんか？」

さぁ、と首を振る。まさか自分のことかも、と言えるはずもない。

電車を降りる時、ポケットで電話が鳴った。原からだった。マナーモードは無視していられるから気が楽だ。

しばらくすると電話を諦めたのか、メールが着信した。ディスプレイで確認する。

件名の「ごめん」という文字を見てしまうと、続きが読みたくなる。けれどそんな自分の気持ちには蓋をして、メールは読まずに削除した。

「何を怒っているんだ」

やっぱりその日の基也は不機嫌だったようだ。

家に来て、というメールが入ったのは夕方だった。仕事を終えて彼のマンションを訪れたのだが、なんとなく様子がおかしい。

「別に」

そう言いながらも、由輝をちゃんと見ない。

「別にじゃないだろう」

ため息をついてから腕を組んだ。

「座りなさい」

どうして偉そうな口調になってしまうのか、自分が分からない。第一ここは基也の部屋だ。

「はい」

基也が素直に大きな体を丸めて座るから、ついこんな態度になってしまうのかもしれない。

ちらちらとこちらを見るけど何も言わない彼に目を細める。

「何があったんだ」

なんでもないよ、とぶつぶつ口にしてから、しばらくして基也ははぁーっと長い息を吐いた。

「つまんないヤキモチです」

「はっ？」

ヤキモチ。聞き慣れない言葉に面食らう。

「だって今日一緒に来たあの人、……内村さんとかって人と、すごく仲が良さそうだったから」

「内村と……？」

「距離が近かったです」

どうやら本気で、ヤキモチとやらをやいているらしい。しかも相手は内村だ。

「彼はただの後輩だ」

目眩がしそうだった。どこをどう勘ぐったら、自分と内村を心配できるのだろう。額に手を置いた。

確かに由輝の恋愛対象は同性だ。しかしだからといって、好みというものがある。会社の人間となんて絶対にありえない。

それに年下が好きということも、まったくない。ただそう、基也は偶然、年下なだけだ。

「知ってる」

「そうだろう。何があったって、内村とどうこうなるなんて考えられない」

手が伸びてきた。まるで子供が親にそうするかのように、抱きついてくる。

「ごめんね。……たまにすごく余裕がなくなるんだ」

「まあ、ほどほどにしてくれ」

我ながら甘いな、と思いながら髪に触れる。

「だけど、由輝さんが美人だから心配で」

「……そういうのは君だけだ」

ああ、もう。頭痛がすることばかり言うのはこの口か。思わずぎゅっとひねるが、堪《こた》えた様子はない。

「こっち来て」

ソファの横に並んで腰を下ろすとすぐに、後ろから抱きしめられた。

「由輝さんは綺麗だし、すごく敏感で、かわいい」

喉をするりと撫でられて、一気に毛穴が開く。

「食べちゃいたい」

「こら、やめっ……あっ」

耳の後ろを吸いあげられる。そこから痺れが広がり、慌てて離れる。

「馬鹿」

ごん、と頭を叩いた。痕が残ったらどうするつもりだ。

「いい加減にしないと帰るぞ」

我ながら大人気ない発言に、更に大人気ない男は叱られた子供のような顔をしてごめんなさい、と言った。

「怒らないで」

尻尾を丸めた犬のようにも見える。こうなるとこれ以上怒れない。

「もうするなよ」

「うん。約束する」

ここで話題を変えるべく、腕を組んだ。

「ところで今日は何があったんだ」

家に来て、と呼ばれたからここに来たのに。このままだとそれを忘れたままベッドに連れ込まれそうだ。

「ああ、大事なことを忘れてた」

そうそう、と立ち上がって軽い足取りでキッチンに消える。すぐに戻ってきた彼の手には、粉雪のようなパウダーシュガーで化粧されたトリュフがあった。

「何度か試作品を作ってたんだけど、ついに完成です。新製品、食べてみて」

「これは……？」

指で摘む。食べてみて、と促され、一口かじった。すぐにシャンパンの仄かな香りが広がる。

思わず目を閉じた。初めて口にした時のこの感覚を、逃がしたくなかった。

「シャンパントリュフだよ。由輝さんのために、考えたんだ」

大事にしていても、口の中であっという間に蕩けてしまう、シャンパン風味のガナッシュ。上品で、華やかだが、甘すぎない。

目を開ける。ああ、食べてしまった。指先に粉雪の名残がある。それを舌で舐めとった。

「おいしい」

シャンパンを包むダークチョコレートとパウダーシュガーのバランスが絶妙だ。残った半分の断面を眺める。

「よかった」

途端に基也の顔が和らいだ。視線に促されるようにして、残りを口に入れる。余韻のおかげか、シャンパンの華やかさがより強く広がる。

「シャンパンを使っているから、大人の味になるでしょ。由輝さんのイメージを考えたから、これしか思いつかなくて」

「これが僕のイメージ？」

随分と豪華な褒め言葉に、目を丸くした。

「だっていつもシャンパンを使ったカクテルを飲んでいるから」

「ああ、そうだね。好きだから」

確かに外で飲むのは、シャンパンベースのカクテルが多い。もしもこのトリュフと一緒に飲んだら、それはもう贅沢すぎるくらいだ。

「うん、そう思って。由輝さんに捧げる、新作です。うちの代表作になるといいな」

ストレートな台詞は、ヘタな愛の言葉よりも由輝を酔わせる。

「基也」

情熱に溢れている彼の唇に、触れたい。そう思った。いつの間にか、こんなにも好きになってしまっている。けれど自分は、臆病にも想いを口にできない。

「……ありがとう。やっぱり君は、天才だよ」

そこから先は、キスの間に消してしまおう。我ながらいいアイディアだ。


「はじめまして、副島です」

今日は基也がフェア会場の下見と、打ち合わせをする日だ。まず応接室にやって来た基也は、スーツ姿だった。

すごく似合う。いつもカジュアルな服装かコックコートだったから、こんな風にきっちりとスーツを着ているると見違えた。

ただどうもサラリーマンという印象は受けない。青年実業家、という響きが似合う。ネクタイをしている姿も新鮮なものだな、と思いながら、由輝はテーブルに商品を並べるのを手伝った。

基也と向き合うように座ったのは、海藤百貨店の店長と課長だ。

「こちらが新製品です」

机に並べられた、ボンボン・ショコラセットの箱に詰められたシャンパントリュフだ。

「オトナのスイーツというテーマに沿うよう、当店では『好きな人と食べるチョコレート』

をコンセプトとしました。贅沢な気分にさせてくれる素材ということで、シャンパンを練り込んでいます」

どうぞお召し上がりください、という言葉に、店長と課長の手が伸びる。

基也との約束だから口にはしなかったけれど、一口で食べないで欲しい。そんな心配は杞《き》憂《ゆう》だった。

二人とも、一口かじってから中を確認する。

「……うまい」

「華やかで上品だ。いや、こんなチョコレートは初めてですよ」

ありがとうございます、と基也が頭を下げる。ほっと胸を撫で下ろした。

「それで、商品としての組み合わせはどうお考えですか」

「通常のボンボン・ショコラと組み合わせる予定です。一粒二百円の商品として選択いただけるようにと思いまして」

「なるほど。豪華なラインナップですね」

一粒二百円、はかなりの値段だ。それでも採算はギリギリなのだという。最高の材料を使っているのと、ロスが多いからだそうだ。形が重要だから仕方がない。

「ありがとうございます。スペースがないので、ショーケースにはボンボン・ショコラとマカロンだけを並べます。常温可の商品は詰め合わせだけを準備しました」

参考に、と店舗の写真を見せてくれる。

「オーブンは？」

「今回は準備しておりません」

店長の質問に基也は堂々と答える。

「ではケーキはどこで」

「店で焼き上げます。焼いたものはこちらに一日三回、持ち込みます」

「店内で焼くことは難しいのでしょうか。香りがある分、集客効果は高いと思いますが」

一度由輝が提案したことを、やっぱり課長が口にした。考えることは同じだ。先に打ち合わせしておけばよかった。

「申し訳ありませんが、オーブンを持ち込む時間はありません。オーブンにもくせがあって、すぐには使えません。ご理解ください」

譲る気持ちがないのは口調で分かる。やんわりと、だがはっきりと断られた。

「なるほど、こだわりの部分なのですね」

店長が納得したので、課長はそれ以上何も言わなかった。

「それで、当日のブースではどんな作業を」

「ガトーショコラとマカロンを仕上げます。場合によっては翌日の商品なども。また、それとは別に初日の限定商品として、チョコレートムースをご用意しました」

「限定ですか」

「はい。直径十五センチのムースを限定百箱、ご用意いたします。これは普段、パーティー会場などでご注文いただいた場合のみ並べていますが、一般販売は初めてのことです」

「その商品のために朝から並んでいただくわけですね。なるほど。今から楽しみになってきました」

店長の口調はいつも以上に丁寧だった。そして続けた。

「こんなことを口にするのはまだ早いかもしれませんが、バレンタインもぜひ考慮していただけないでしょうか」

基也ははい、と力強く頷いた。


「うまくいったね」

「緊張したよ。ああいう偉い人に会う機会なんてあんまりないからさ」

明日も仕事だというのに、基也は由輝の家で食事をしていた。

外で食べるつもりだったが、時間が遅くなったので適当に済ませることにしたのだ。

「うん、おいしい」

由輝が作ったのは簡単なパスタとスープだった。パスタは鷹《たか》の爪とにんにくとベーコンをいため、ナスを入れただけのシンプルなもの。野菜コンソメスープには、ネギがたっぷりと入っている。基也のリクエストだ。

「ネギ、好きなのか」

「うん、まあ好き、というかなんというか」

スプーンをくわえた基也が、ごく普通の口調で言った。

「にんにくとかネギって、においが強いでしょ。だから自分で料理する時は、使わないようにしてる」

「ああ、そうか。気をつけてるんだな」

指ににおいがつくことを気にしているのだろう。

「まあ、それなりに」

チョコレートに影響するから、と口をもごもごさせる。どうやらお腹がすいていたらしく、すごい勢いで食べている。足りないかもしれない。

「ねぎはいつもってわけじゃないけどね。にんにくだけはどうしてもダメだな。においが残っちゃって気になる」

最後の一口を食べ終えた。

「確かにそうだね、爪にも残っちゃうし。どう、思い切ってにんにく風味のチョコレートに挑戦してみたら」

「……由輝さんって、時々予想がつかないこと言うね」

「そうかな」

「うん。企画とかしたら、すごいの考えそう。にんにく風味は前に食べたことあるけど、ちょっといただけない味だったたな」

ごちそうさま、とお行儀よく手を合わせる。どうやら足りたらしい。由輝も手を合わせた。

皿を片付ける間に、基也はデザートを用意し始める。

オーブンで温めて食べるタイプのデザート『フォンダンショコラ』は、今回のフェアでは残念だが扱わない商品だ。

「……実は、誘われてるんだ」

基也は電子レンジと一体化したオーブンの使用説明書を読んでいた。

「えっ、何が」

「企画だよ」

意味もなく洗剤をつけたスポンジを何回も握ってから、話し始める。

「今度のフェアがうまくいったら、商品本部の、いわゆるバイヤーに推薦してもらえるかもしれない。そうしたら全店のお中元やバレンタインの企画を手がけたりできるようになるかも」

「へぇ、すごいじゃん。由輝さんって優秀なんだね、やっぱり」

「そうでもないよ。でも迷ってる」

「どうして。いい話じゃないの？」

すぐには答えられなかった。こんな話を夢見ない人間はいない、そんなことは分かっている。どう考えたって出世コースだ。

でも、と皿を洗いながら、続けていた。

「いい話だよ。でも、売り場も楽しいんだ。戻りたい気持ちもゼロじゃないから、迷ってる」

新しいことに挑戦するのが怖いと思うようになったのはいくつの頃からだろう。変化が怖くて、現状に満足することを覚えたのは。

「いろいろとあるんだね」

皿を全部カゴに放り込む。あとは自然乾燥だ。さあ一休みと振り返る。

「飲み物はコーヒーでいい？」

キッチンともいえないほどのスペースに二人でいると狭く感じる。特に基也がいるとそう思う。

食事を終えたダイニングテーブルで仕事の話をしながら、待つこと十分。

「——はい、どうぞ」

フォンダンショコラが目の前に置かれた。

一見するとマフィンのようなチョコレートケーキの表面を、スプーンで割る。中からとろりとしたクリームが登場した。一緒に口に運ぶ。

さっくりととろり、という食感が素晴らしい。

「……おいしい」

「気に入った？」

うん、と頷いてスプーンを口に運ぶ。基也といると、何もかもがおいしく感じられて、太ってしまいそうだ。

「それ、懐かしいね」

基也は食べもせずにスプーンを見ていた。どこかのサンプルで貰ったそれには、少し前に流行ったキャラクターがプリントされている。

「ああ、いただき物で悪いな」

「流行ったよね、これ。ちょうど店をオープンさせた頃でさ、スタッフがこんなの集めてたなぁ」

「うちもだよ。とっても売れた記憶がある。いただいてずっとそのまま使ってるんだ。捨てるのももったいないから」

貧乏性というかなんというか、どうも使えるものを捨てられない。

「気持ちは分かるよ。由輝さんって持ち物をあまり変えないタイプ？　たとえばほら、財布とか、時計とか」

基也の指摘は当たりだった。

「そうなんだ。財布も就職した時に買ったものだし、そういえばあのパスケース、いつから使っているんだろう」

それと、と時計のことを考えて思い出した。うちにはまだ、原の時計がある。

「なんとなく分かるよ。ひとつひとつのものに、愛着を覚えるんだね」

「余計なことを考えて捨てられないんだ」

あの時計、どうしよう。胸の奥がざわめいた。

「思い切って壊れればいいのにって思ったりする？」

「ああ、そう思う」

食器棚の奥にしまったカップもある。基也に使わせるのがなんとなくいやで、しまいこんだのだ。

いっそ、跡形もなく壊れてしまえば未練もなく捨てることができる。

そう考えてデザートを食べ終えた頃、携帯が鳴った。この着信音は原からだ。出るか出ないか、正直迷う。

このタイミングで、彼と話すことなんてない。けれど一度はっきりとさせておく必要があることも、分かってはいる。

「……出たら？」

横に基也がいてくれる。だから勇気が出た。

「うん」

電話を取る。目を閉じて、彼の声が聞こえてくるのを待った。

「……由輝」

久しぶりに聞く声。めまぐるしい毎日でこの声を忘れそうになっていた、自分に驚く。

あれほど生活のすべてを占めていた彼の存在を忘れていたのは、誰のせいか。分かってる。

基也がいてくれたからだ。

「やっと出てくれたな」

「なんの用？」

できるだけ平静を保って問う。

「会えないか。きっちり話したい」

答えに迷ったのは、どうしてだろう。

正直に言えば、今は会いたくない。なぜか不思議な罪悪感があるからだ。

けれど。

「……うん」

きっちりと終わらせなければならないことがある。自然消滅ができるほど、器用じゃない。

「じゃあ、金曜日に」

「分かった」

それだけを約束して電話を切った。

心配そうにテーブルに頭を乗せて見上げてくる基也には、断っておいた方がいいだろう。

「彼と話したいと思うんだ」

話を聞いていたのだろう、基也はそう、とため息をついた。

「心配だな。未練がないって言い切れる？」

「決まってるじゃないか」

未練、なんてない。……と思う。

「じゃあさ、約束して」

会うのは『ＫＫ』で、絶対に部屋で二人きりにならないこと。

「分かった。……ちゃんと、決着つけてくるよ」

「何かあったら電話してね。俺も行くつもりだけど、金曜は早く上がれないから」

大丈夫、と答えても、基也は満足してくれない。心配、と呟いて髪に口づけてくる。

「俺ね、結構ヤキモチやきみたいです」

独り占めしたい、なんてかわいいことを口にして、基也は頬を寄せてきた。

「……知ってるよ」

その甘い束縛が、由輝を強くさせる。基也はそのことにきっと気がついていない。


金曜日は仕事が上の空だった。

「チラシのチェック、お願いします」

内村から渡された広告のチェックだ。

「うん」

今までのフェアと違い、食品っぽさのない洗練された広告を机に広げる。メインで大きくスペースを取ったのは、『ショコラティエ・ソエジマ』の新製品と限定品だ。

「うん、いいんじゃないかな」

チョコレートケースには限定の表示があるし、シャンパントリュフも新製品と目立つ場所に書かれていた。ざっと目を通してから内村に返す。

「ああもう、わくわくしてきました」

既に鼻息も荒い内村に、いいからとにかく落ち着いて仕事しろ、と苦笑交じりの指示をしてから、鞄の中のものに思いをめぐらせる。

原から貰った時計を、返すために持ってきた。今日はこれを渡す。そしてマグカップは、もったいないけれどもう処分してしまおう。そう決めていた。

約束の時間の三十分前に『ＫＫ』に着いた由輝は、カウンターではなく奥にあるテーブルに座って原を待った。彼が来たら案内して、とマスターに告げて携帯電話で仕事に関係のありそうな情報を眺める。

だが約束の時間になっても、原は来なかった。

金曜日の夜だ、仕事が終わらなかったのだろうか。一時間ほど待ってから、また今度にしようと彼にメールをして店を出た。さて帰ろうと駅に向かったところで、原に会った。

「久しぶり」

顔を伏せた原が、唇の端を上げて笑い、髪をかきあげる。この笑い方も、仕草も、好きだった。とても。

「元気だったか」

「それなりに」

「話そうか」

店に戻ろうとしたが、腕を掴まれた。

「家に行ってもいいだろ」

「えっ」

さっさと原が歩いていく。由輝の意見を聞くつもりはないらしい。タクシーに乗り込み、勝手に由輝の家の住所を告げる。仕方なく同乗した。

家に着くまで、無言だった。何から話すべきか、由輝にはまったく分からなかった。基也に連絡した方がいいだろうかと思ったが、このまま原を部屋に入れることは、約束を破ることになると気づく。

どうしよう。思っている間に、家に着いてしまった。

玄関のドアを開けるかどうか迷っていることに、原は気がついていない。元々、こういう性格なのだ。ドアを開けると、ずかずかと入り込み、ダイニングテーブルに着く。

むっとするほど室内は暑い。エアコンのスイッチを入れ、お湯を沸かす。

カップはあの、原が使っていたものにした。それにコーヒーを注ぎテーブルに置く頃には、室内の温度はそこそこ下がっていた。

しかし空気の重苦しさは変わらない。

ここで向き合ったのは、原から結婚の話を聞いた時以来だ。そう考えるととても昔のことのようにも思える。

「……話したかったんだ」

先に切り出したのは原だった。

「何を」

話すことなんてないだろう。もう自分たちは別れているのだから。

「悪かったと思っている。いつか話そうと思ってた。けれど言えなかったんだ」

「……そう」

平気な顔で会っていたじゃないか。口にできない言葉を逃がすようにため息をつく。そういえば、原がこうして謝るのは初めてかもしれないなとぼんやり思った。

「分かってくれるよな、俺の気持ち」

それはどんな気持ちだろう。由輝は両手でカップを包んだ。熱い。どうしてホットコーヒーなんて淹《い》れたんだろう。冷蔵庫に麦茶があるのに。

「さあ」

分かるはずがない。だって原も、由輝の気持ちなんて分かっていないのだから。

好きで好きでたまらなくて、それなのに彼が別の人と結婚するのを見なくてはいけなかった。傷ついて、人を信じるのが怖くなって、それでも三年間だと自分に言い聞かせて待った。裏切られていることに気がつかずに、ただ信じた。

自分の馬鹿さ加減を再確認して、立ち上がった。責めても、怒りをぶつけても、結局惨めになるのは自分自身なのだ。

基也に電話しよう。このまま二人でここにいるのは、息がつまる。電話を取ろうと背を向けた時だった。

「……なあ、由輝」

腕が腰に回される。ぐっと引き寄せられ、上向いた唇が塞がれた。

強引なキスだ。顎を持ち、上唇を挟むように吸われる。

この唇に、触れたいと思った夜は長かった。それなのに今は、目を閉じることもなく冷静でいる。

自分の中で何かが壊れていた。それはきっと、初めて基也に抱かれた夜に壊れた、原への想いだ。

舌が唇に触れる。こじ開けようとする。抵抗するのも面倒で、そのまま受け止めた。

「っ……」

頭の後ろに手がかかる。原のやり方だ。

不思議だ。このキスが欲しかったこともあったのに、今はもう特別な感情が、湧き起こらない。ただ違う、と思った。こんなに彼の手は熱かっただろうか。その温もりが、今はとても——不快だ。

どこか冷静な自分が、キスを分析する。引きずられて寝室に連れ込まれ、ベッドに簡単に放り投げられた。

派手な音を立ててマットレスが沈む。壊れるんじゃないかと思うほどの衝撃に背中が痛い。

伸し掛かってくる体重に、我に返った。

「いやだっ」

目的が分かって暴れても、伸し掛かられては敵《かな》わない。手首を掴まれ、頭の上で固定された。

「なんでだよ。期待してたんじゃないのか？」

「違う！」

欲望にぎらついた顔が、由輝を見下ろしていた。

「離せ」

「どうして」

もみあう内に原の顔がこわばっていく。

「いやだからだ」

「嘘つくなよ」

逃げようと暴れても、体躯の違いは埋められない。

「いいじゃないか、久しぶりだぜ」

手首を押さえ込む力が強くなる。足の間に体を入れられてしまい、接近しすぎて蹴り上げることもできない。

「やらせろよ。あいつ、最近ガキにかかりっきりで、しばらくやってねぇんだよ」

ざらりとした舌が耳を舐める。香水と煙草が混じった、原のにおいがした。

「暴れんな」

舌打ちと同時に頬に痛み。殴られた、と認識するより先に、シーツに押しつけられる。

こんなこと初めてだった。怖い。こんな原を知らない。

震えが止まらなかった。原がまるで知らない男に見えてくる。怯えて抵抗できなくなった由輝に、今度は猫撫で声が聞こえてきた。

「なあ、由輝。俺のこと、好きだろ？」

しびれるほど強く手を掴みあげられ、顔に熱い息がかかる。

「かわいいな、お前。ちゃんと俺を待ってたんだろ」

なんて傲慢な台詞だろう。自分は裏切っておいて、そのくせ由輝には、貞操を要求するのだ。

だけど彼をこんな風にしたのは、自分なのかもしれない。あの時きっちりと別れていれば、少なくともこんなことにはならなかった。

シャツが引きちぎられるように開かれる。犯される、のだろう。

ごめん、と心の中で基也に謝る。約束を破った結果は、二人ともが傷ついて終わりそうだ。

首筋に唇が押し当てられる。目を閉じる。せめてできるだけ痛みを回避しよう、と力を抜いた時だった。

「そのくらいにしておいてくれないかな」

今はもうすっかり聞き慣れた声に、目を開ける。基也が部屋の入口に立っていた。

「玄関、開いてたよ。ちゃんと鍵かけとかないと」

つかつかとベッドの横までやってくる。突然の侵入者に原が低く唸った。

「お前、誰だよ。勝手に入ってきて邪魔するな」

「由輝さん、紹介してくれる？」

口調はいつもと同じだが、基也はまったくの無表情だった。慌てて原の体の下から抜け出し、はだけたシャツをかき合わせる。

「……彼は、その」

なんと説明しろと言うのだろう。恋人？　でも自分はまだ、はっきりと言っていない。戸惑いが語尾を曖昧にさせた。

「新しい男、か」

原の手が由輝の胸倉を掴む。折角あわせたシャツがびりっといやな音を立てた。

「待つって言ってただろ？　他に男を作ったのか」

信じられない言葉だった。

どうして責められるんだ。身勝手もここまでくると脱力する。

それでも、こんな男でも、自分は本気で愛していたのだ。情けない。

「なんか言えよ！」

首に手がかかる。揺さぶられる勢いで喉が苦しい。

「言えないのか？　やったんだろ、こいつと？　言えよ！」

殴られる。目を閉じて覚悟したが、その瞬間は来なかった。おそるおそる目を開けると、基也が原の手を掴んでいる。

「黙れ！」

一瞬声を荒らげた基也が、由輝を原から引き離した。座らされ、原と距離ができる。

「そんなこと、あんたが口出すことじゃない」

「なんだと？　由輝は俺のものだ。お前が手ぇ出したんだろうが！」

ベッドにひっくり返りながら、目の前が真っ暗になるのを感じた。

自分はなんだと思われているのだろう。今も原の所有物に過ぎないのか。

「由輝さんは誰のものでもないよ。いい加減さ、解放してあげてくれないかな」

激昂《げっこう》する原とは対照的に、基也は再び落ち着きを取り戻していた。

「都合が良いよね、男同士だと」

淡々とした口調が、かえって怖い。もしかするととても、怒っているのかもしれない。背

中を向けた基也からは、いつもと違う張りつめた空気を感じる。

「縋りつきもしない。面倒もないし、一緒にいても疑われない。結婚して欲しいとも言わない。便利な愛人、ってわけだ」

「違う、違う」

叫ぶような声で髪を振り乱した原が、ベッドにうずくまった。定員オーバーのベッドが悲鳴をあげる。

「信じてくれ、由輝」

見たことがないほどの焦燥《しょうそう》を浮かべ、原は由輝の手を取る。間にいる基也が目に入っていないように。

「俺はずっと、君を愛してる」

欲しい時には何ひとつくれなかったくせに、どうして今頃、こんな言葉を吐くのだろう。

「世間体があるから、家庭を持った。けどずっと、本当に愛してたのはお前だけなんだ」

その台詞の真偽なんて、もうどうでもよかった。だってたとえもし本気で原が自分を愛してくれたとしても、彼には他に守るべきものがあるのだ。

それを壊そうなんて情熱は、最初から由輝にはない。原の家族を傷つけたくもない。

「後悔してなかったわけじゃないんだ。分かってくれよ、な？」

「……もういいよ」

こんな風に感情を出して向き合ったことがなかった。自分はいつも、ただ従順に原の決めたままに行動していた。彼を失いたくない、ただそれだけで。

握られた手が痛い。

「なぁ、分かるだろ。一度くらい結婚しておかないとさ」

半笑いのようになった原に、唇を噛みしめた。

そんな簡単な気持ちで、家を買って子供も育てるのか。そんなはずない。

「……あんたのその考え方がどうとかは言わない。けれどそれで、由輝さんを傷つけるのはもうやめてくれ」

基也が原の手を取り、由輝から離した。

「うるさい。大体テメェはなんだ？」

わなわなと震えた原が殴りかかっていく。思い通りにならないことで苛立っているのが見ていて分かった。

その手を払った基也が、肩を掴んでそのまま寝室から原を引きずり出した。

大柄な基也に圧倒的な分《ぶ》がある。しかも基也は普段から意識して体を鍛えているはずだ。力で原が勝てるはずがない。床に投げ出された原の胸元を、基也が掴んで持ち上げた。

「基也！」

殴ろうとしている。分かったから、必死で止めた。基也の右手に抱きつく。冷たい指を掴んだ。

「なんであんたが止める？　まだこんな奴が好きなのか」

怒鳴られる。いつものおっとりとした基也とは別人のような、怒りに溢れた声に怯えたけれど、でも手を離せなかった。

「違う。違うんだ。だけどもういい、いいから」

この指は大切なんだ。たくさんの人を幸せにできるチョコレートを作り出すこの指を、傷つけたくない。

「離せ」

原が立ち上がろうと払った腕が、テーブルの足に直撃する。

「あっ」

がしゃん、といやな音がしてカップが割れる。床に零れたコーヒーが、指に触れた。

壊れた。

「大丈夫？　怪我は？」

音に慌てて基也が原から手を離す。平気だ、と首を振った。壊れたものはもう、どうにもならない。

そう、どうあがいても一度壊れたものはもう元には戻らない。

「聞いてくれ、祐一」

向き合うことは怖い。けれど逃げたって傷つくのは一緒だ。どうせ傷つくなら、新しい世界に飛び込んだ方がいい。

「彼は僕の大切な人なんだ」

基也が目を見開く。

「もう充分だろ。僕は待った」

どれだけ淋しい夜を過ごしただろう。ただ時が経つのを祈るしかなかった、あの切ない日々は今、あのカップと共に壊れた。

「待って待って、もう疲れたんだ」

叫ぶような声になった。

「……僕が幸せになっちゃ、いけないのかな」

サイドボードの引出しから、腕時計を取り出した。原に突きつける。

「由輝……」

顔をこわばらせた原の目を見据えた。

「返すよ」

この時計がある限り、自由になれない。そんな気がしていた。もうこれを、この部屋に置いておきたくなかった。

「待ってくれ、俺は」

何を待てというのだろう。これ以上、何を？

ぷつり、と張りつめていた糸が切れた。その瞬間が自分でも分かった。

「帰ってくれ」

「なあ、おい」

「帰れ！」

もうたくさんだ。

これ以上、傷つきたくない。悲鳴をあげる胸を、できるなら切り裂いてみせてやりたい。

基也が原を立ち上がらせた。そのまま出て行けと背中を押す。

強引にこの場から原を退場させて、部屋には沈黙が訪れた。その場にへたり込む。フローリングの床が、固くて冷たい。

自分が今、失ったものはなんだったのだろう。そして、得たものは。

かしゃ、という音に我に返った。基也が零れたコーヒーを拭き、割れた破片を片付けていたのだ。

「僕がやるよ」

慌てて後始末をした。余計なことを考えないように、一生懸命に床を拭く。

「オーナーに電話して様子を聞いてよかった」

基也が呟く。一人で帰ったと聞いて、もしかして、と思って駆けつけてくれたそうだ。

手を休め、俯いたまま礼を言った。

「ありがとう。その、……助けてくれて」

「こっちこそごめん、怒鳴っちゃって。俺もその、興奮して」

眉を下げて神妙な顔をされると、慌ててしまう。

「いいんだ。僕が悪かった。約束を破って、祐一を部屋に入れたから」

「うん、まあそれはちょっと怒ってる」

由輝さん、と名前を呼ばれる。そのまま抱きしめられた。広い胸に顔を埋める。いつでも優しく包容力がある彼が、あんな風に怒ったことは意外だった。

だけど、嬉しかった。この手を庇《かば》わず、自分のために原へ向かってくれたことが。

「ごめん。でも分かって欲しい。あの時止めたのはその、基也の手が大事だからで」

「うん。……ありがとう」

いつもの基也に戻った。穏やかな表情で、額にキスをくれる。

あと片付けを終えても離れがたくて、泊まっていけば、と誘った。とにかく一緒にいて欲しかった。

「うん。今日はこのまま寝よう、ね」

何もしないからと抱きしめられる。ぬくもりに覚えた安心に、小さく告げた。昇格だね、と。

一瞬惚けた顔をした基也が、ありがとう、と強く抱きしめてくれた。

不思議だ。触れ合うだけで、包み込まれるような優しさを感じる。見つめられると落ち着く。癒される。

彼の手の中で生まれる、あのチョコレートのように溶けてしまいそう。

——明け方に目が覚めた時には、確かすぐそばに基也の顔があった。ぐっすりと寝ている顔は案外と幼いんだな、と思ってまたうつらうつらしている内に眠ってしまったらしい。はっきりと目が覚めた時、彼の姿はなかった。きっと仕事に出かけたのだろう。もうそれくらいの時間だった。

窓を開ける。風が幾分涼しい。夏がもうすぐ、終わろうとしている。

フェアの前は休みもない。二日後に初日を控え、忙しさはピークだ。

広告の最終チェックを内村に任せ、由輝は出店される各店に挨拶をして、こちらで用意する資材の確認をして、と店内を駆け回っていた。

だがこの忙しさが、楽しかった。一日があっという間に終わってしまう。

今日は基也に会う約束をしている。

あの日以来、原からの連絡はない。それでいいのだと思う。彼と過ごした時間は、由輝の

中でもうすぐ思い出に変わるだろう。携帯に残っていた番号は、着信拒否に設定した。早くにこうしておけばよかったと、その時になって気がついた。

いつもより遅い待ち合わせ時間に、それでもギリギリで『ＫＫ』のドアを開けた。

「……遂にそうなったのね」

オーナーが嬉しそうに手を叩く。由輝の横には、これまたもうにやけすぎている基也が座っている。

今日はカウンターではなく、奥まったソファ席に二人で着いていた。

「そ。遂に恋人に昇格した」

肩に手を回して引き寄せてくる。そのでれっと崩れた顔に、由輝の方が照れてしまう。こんなにおおっぴらに愛情表現をされたことがなかったから、正直なところどう反応していいのか分からない。

「あとはそうだな」

愛してるって言って欲しいな。

真顔で言った基也に、由輝とオーナーは引いた。完全に引いた。

「……由輝に勧めたの、間違いだったかしら」

「うん、僕もそんな気がしてきた」

寒いわ、と騒いでオーナーがカウンターに戻っていく。本当だ、かなり寒くなった。

「えー、なんで。俺が変なの？」

不服そうな基也はどうやら本気らしい。由輝は黙って汗をかいたグラスを手にし、ミモザを飲んだ。炭酸がすっきりとした気分にさせてくれる。

「言って、じゃなくて言わせてみせるんだな」

「これまた厳しいご注文で。了解しました！」

楽しそうな答えに目を細めた。

夢みたいだ。こんな風に恋人と、甘い時間を過ごせるようになるとは

「明後日から毎日会えるね」

「仕事で、だぞ」

「分かってるけど、嬉しいんだ。だって、制服姿の由輝さんが見られる」

きっと素敵だろうな、なんて甘い言葉を真顔で垂れ流す。もう笑うしかない。

基也の携帯電話が鳴ったのは、その少しあとだった。

「あれ、店からだ。なんだろ」

ちょっと、と席を立つ。やってきたオーナーが言った。

「よかったわね」

と。

「ええ。……感謝しています」

彼を出会わせてくれたこの店と、きっかけを作ってくれたオーナーに、どれだけ感謝しても足りなかった。


「すみません」

最終バーゲンの撤収作業をしている会場の裏で、由輝は目眩を覚えて壁に手をついた。

「うわ、本当、か……」

初めて仕事で目の前が真っ白になった。嘘だ。誰か嘘だと言って欲しい。

「はい。ほんと、ごめんなさい……」

内村が泣き出しそうに顔を歪めた。

「いいや、僕のミスだ。確認が足りなかったな」

問題は、今日の夕刊のテレビ欄下に出した広告だった。そこには明日からのフェアの詳細が掲載されている。

恐ろしいことに、間違いがあった。初日の限定のチョコレートムースの表示だ。

予定していたのは『限定百箱・お一人様二箱まで』。だが実際そこに書かれていたのは、『限定百名・お一人様二箱まで』の文字だった。

これでは最大、二百箱が必要になる。予定数量の倍だ。

単純すぎる、だが大きなミスだった。どうして気がつかなかったのだろう。しかし悔やんでも仕方がない。もう夕刊は配達されてしまっている。

「ちょっと課長と相談しよう」

課長を探して事情を説明した。すぐに副島さんに連絡を、と指示が出る。

「夕刊だけか？」

「朝刊にチラシが入ります」

その他の広告に間違いはなかった。しかし最も集客効果があるチラシがこれでは、影響が大きすぎる。

「うちのミスだからな。差し替えるには費用が膨大すぎる。謝罪のＰＯＰの準備をしてくれ」

「はい、それはもう進めています。申し訳ありません」

「次はないぞ、副島さんにはちゃんと謝ってくれよ。俺もあとで店長と謝罪にうかがうから」

課長の言葉が身にしみた。横で内村が項垂《うなだ》れている。

「すみません……」

しかし今、反省しているだけでは前に進まない。

「とにかくすぐに手を打とう」

電話を取る。店の方ではなく、基也個人の携帯電話にコールした。時間がないのだ。

「どうしたの？」

電話なんて珍しい、と弾んだ声。移動中なのか、少し声が遠かった。

「申し訳ない。広告にミスがあった。限定数が間違っている」

「えっ？　どういうこと？」

すぐに声色が変わった。

「夕刊に出したフェアの広告、限定の表記が間違っているんだ」

「どんな風に。詳しく教えて」

「限定百箱じゃなくて、百名限りになってる。お一人様二箱はそのままだ」

数はきちんとチェックしたが、単位が違う。基本的すぎるミスだ。言い訳できない。

「……倍じゃん」

沈黙が痛いと思ったのは初めてだった。申し訳ない、とただ繰り返す。

「まあでも、もう載っちゃったからなぁ」

返された呑気な声に戸惑う。

「分かった。とりあえず今そっちに向かってるから。もうちょっと待っててください」

「分かりました」

電話を切る。その間にと謝罪のＰＯＰを用意して、基也が来るのを待った。

「……お待たせしました」

基也が、会場に入ったのは、片付けが終わり新たな組み立てが始まった、五時半過ぎだった。

「申し訳ありません」

頭を下げた内村に、まあいいよ、と基也は肩を竦める。だがそこにいつもの笑顔はなかった。

「とにかく謝罪のPOPは作らせていただきました。これを置く場所なんですが」

出来上がった謝罪POPを広げ、レイアウト図を開いて説明しようとするのを、基也の手が制した。

「いらないよ」

「はっ？」

「ちょっと大変だけど、明日までに作る」

思わず内村と顔を見合わせる。予想もしていない反応だったのだ。

「できるのか」

それが問題だった。だって予定の倍の数だ。

「お客様はその広告を見て来てくれるんだ。どこのミスかなんて関係ない。期待をして足を運んでくれるのに、裏切るわけにはいかないから。だから作る。協力してください」

濁りのない、真っ直ぐで意思の強い眼差し。

「基也」

思わず名前が口をついた。

「やりましょう、由輝さん」

迷いのない口調に、決心した。

できなかったらその時はその時だ。謝罪のＰＯＰは準備してある。だから試してみないと。

「分かりました。できることはお手伝いします」

「えっ、いいんですか？」

内村の驚いた声に、基也が頷く。

「やってみましょう、できるところまで。それで、申し訳ないですが冷蔵庫を貸してください。あと、作業スペースの確保を。店で作るにも、スペース的に限界があるので」

ここで作業する、と基也が続けた。チョコレートムースは確かにオーブンを使わないから、店内でも作ることは可能だろう。でも。

「店の作業はいいのか」

今はもう午後六時。また店に戻って、明日の準備があるだろうに。

「店で作るのはガトーショコラとマカロンで、その分は仕込んでるから大丈夫。もう焼き始めてるんじゃないかな。もちろん、味を落とすわけにはいかないから大変だよ。だけどこれでも俺にも、腕のいい弟子ってのがいるの。だから安心して、任せて」

二人きりの時のような優しい眼差しで、基也が微笑む。

「だけど」

無理なら早めに諦めた方が、と口にしかけた、その時だった。

「これはうちの挑戦でもある。やってみなきゃ分からないことを、諦めたくないんだ」

基也がはっきりと言った。

挑戦。自信に溢れているのに、嫌味がない。堂々とした姿だ。

この男が好きだ。何事にも逃げずに立ち向かう、こだわりを持って生きるこの男が。

胸が締めつけられるほど強烈に、そう思った。

「……分かった」

内村の肩を叩いた。

「僕たちも何かあったら手伝う。とりあえずは催事場の裏にある冷蔵庫に案内して。僕は作業場を確保してくる」

やってみよう。諦める前に。

課長に了承を貰ってから、地下食品フロアに作業場を借りた。閉店後という条件付きだ。

「清野さんなら歓迎よ」

と場所を提供してくれたのはパン屋さんだ。ありがたく普段はパンを並べている平台を貸してもらう。

「すみません、ではおかりします」

「どうぞ。困った時はお互いさまだから」

更に電気も点けてもらえるよう依頼した。他にフェア時に使う予備の什器も準備する一度店に戻っていた基也が、材料と道具を運んでくる。作業台に並べられる型。大きなボウルと鍋。ゼラチン、卵、牛乳と砂糖といった材料も。変わったところではくず粉と寒天も準備されていた。

運ぶのを手伝うが、ひとつひとつが結構な重さがある。これだけのものを毎日扱うには、かなりの体力がいるだろう。

「悪いな、本当に」

二人きりになると無意識に距離が近くなってしまう。

「気にしないの。誰にでもあることなんだからさ」

基也にも苦笑するだけの余裕が出てきたらしい。コックコートを身につけてから、きょろきょろと辺りを見回した。

「人がいないと不思議だなぁ」

「ああ。慣れるまでちょっと怖いかもしれないね」

いつも賑わっているフロアに、人がいない。電気だけが点いた売り場には妙な恐ろしさがあるはずだ。

「誰もいないんだよね？」

「ああ。バックヤードにはまだ人がいると思うが」

答え終わる前に、腕を引かれた。バランスを崩し、基也にもたれかかる。

「頑張ったら、ご褒美くれる？」

ねだられて微笑んだ。

「何が欲しいんだ？」

このトラブルを乗り越えてくれるならなんでもするぞ、という勢いだった。とにかく今は、誰より彼が頼りだ。

「由輝さん」

真顔で基也が囁く。

「由輝さんが欲しい」

またそんな、と笑うつもりだった。けれど真っ直ぐな眼差しに、息を呑む。

伝わってくる想い。ひたむきな男に注がれる愛情は、いつしか自分に挑戦する勇気をも与えてくれていた。

「分かった。……この僕でいいなら、いくらでもくれてやる」

約束だからね、と頬に唇が落とされる。その後すぐに基也の弟子だという男性が二人やってきて、本格的な作業が始まった。

指示を出す以外の基也は無言で、その横顔は本当に職人といった風情《ふぜい》だ。普段の由輝をべたべたに甘やかす人間とはまるで別人のような、真剣な様子だった。

こんな時にと思うのに、目が離せないほど惹かれる。

基也は黙々と生クリームを泡立てていた。ある程度までは機械でやるが、途中からは手でやるのだという。

「泡立てすぎると口当たりが悪いんだ。だから最後は自分で、ね」

背筋を伸ばしての作業は、きっと楽ではない。けれどその背中に本気を感じて、何も言わないことにした。

口にしなくても、分かってくれるはずだ。由輝が今、誰よりも基也を信頼していることを。自分にできることなんて限られているから、作業を邪魔しないように、そして手助けになるようにと動いた。

フェアの会場設営の進捗状況を確認し、内村に夕食を買いに行かせる。休憩所スペースは即席の食事と水分を補給できるようにしておいた。

会場の設営が終わったと連絡を貰ってから、催事場に向かう。

フェア用の準備がされたフロアに、電気を点ける。商品の殆《ほとん》どない売り場は、奇妙な空間だった。

一番目立つ場所に、ディープグリーンとゴールドをテーマカラーにした『ショコラティエ・ソエジマ』がある。

即席で作られたその売り場を、丁寧に掃除した。アルコールを含んだ消毒液で、すぐにでも商品が並べられるほどショーケースを綺麗に拭きあげる。

冷蔵庫も内村に掃除させた。彼はどうやら基也の姿勢に感動したらしく、目を純粋にきらきらとさせながら、「寝ないで頑張ります」と叫んで場を和ませていた。体力だけはあるから力仕事の役に立つはずだ。

作業台では何度も同じ作業が行われている。生地を作り、用意した型に流し入れる。何度か振動させて生地を整え、冷蔵庫に入れて冷やす。集中した基也の仕草は、無駄がなく美しかった。

気が遠くなるほどの作業を繰り返し、最後の生地が出来上がった。同時にあと片付けも始まる。

人目につかない場所で、用意していた謝罪のPOPを捨てた。もうこれは必要ない。

基也がボウルを傾け、並べられた型に静かに均等に生地を注ぐ。厳《おごそ》かにも見える動作のあと、最後の一個を冷蔵庫にしまう。

これで出来上がりだ。予定の倍の数量が準備できた。時間は深夜二時を過ぎている。

ずっと作業をしていたから、誰の顔にも疲れが浮かんでいた。

「あとは明日の朝、店舗から来たスタッフで箱詰めします」

店で作っている商品の、最初の搬入は九時だ。それでも充分間に合う、と基也はその場にいた全員に声をかけた。

「遅くまでお疲れさまでした」

作業は終わった。最終的なあと片付けを内村に任せ、基也と二人で従業員口から出る。

夜風が、冷たかった。

「ありがとう。助かったよ」

「どういたしまして。思ったより早くできたよ。みんな協力してくれたおかげだね」

「一時はどうなることかと思った。本当にありがとう」

心からの感謝だ。お客様をがっかりさせないで済む。

「これ以上は本当に無理だからね。クオリティを保って作るには、今のが限界。それじゃなくても明日、店に並べるものはいつもより少なくなるし」

無理をさせた分、どうしてもしわ寄せが出てしまう。本当に迷惑をかけた。

「悪かった」

もういいって、と基也が伸びをする。

「さて、帰りますか」

こんな状況でも笑ってくれるところが好きだ。

「ここからなら、僕の家の方が近い。……一緒に、帰ろう」

伸び上がった基也の背中を叩き、あえて表情を見ないでさっさと歩き出した。

「足が痛いな」

部屋に着いてすぐ、靴を脱ぎながら基也が顔をしかめた。

「明日から立ちっぱなしだから、途中でちゃんと休んでくれよ」

「そうだね。そうするよ」

汚れた服を洗濯乾燥機にかける。シャワーは起きてからでいいだろう。とりあえず、と寝室のドアを開けた途端に、

「由輝さん」

後ろから抱きつかれた。思わずふらつくほどの強さだった。

「……ちょっと」

腰に回った手に力がこもる。いつもより彼の手が冷たくない。首筋には熱い吐息を感じる。

「今欲しい。……ダメ？」

耳に歯を立てられた。食いちぎられそうな強さに、目眩がした。勝手に息が乱れていく。

「寝られなくなる、って」

もうすぐ夜が明ける。今からだって三時間ほどしか寝られないのに。

「俺は平気。ねぇ、いいでしょ」

チョコレートの甘さに混じる、汗のにおい。意識した途端に、その吐息にすら肌が粟立《あわだ》つ。

「とてもじゃないけど、寝られそうにないんだ」

押しつけられたものは既に硬く、昂ぶっているのは明らかだった。

ねだるように耳から首筋に鼻をすり寄せ、髪に顔を埋めてくる。だからといって基也は無理強いをする性格ではない。

ねぇ、と揺すりあげる。由輝が了承するまでは待つつもりなのだろう。

こんなところもたまらなく愛しい。

「仕方ないな」

腰に回された手を解き、目の高さまで持ち上げた。

大きな手だ。チョコレートを触るために冷たいことが多い指。この指は、あの繊細で美しいショコラを作り出す、魔法の指だ。

それを今は、由輝が独り占めできる。とんでもない贅沢ではないか。

「明日どうなっても知らないぞ」

振り返り基也の首筋に手を回し、額をこつん、と合わせた。

「大丈夫。……今は何より、由輝さんが欲しい」

かすれた声はいつもより切羽詰《せっぱつま》っているようにも聞こえる。

「ちょっと余裕ないんだ。俺だって、不安だったんだから」

そうだろう。クオリティを落とすなんて絶対に許されない中、予定外の数を作ったのだ。どれだけ神経が張りつめていたかは、その姿を見ていたから分かる。

もし抱き合うことで、基也の不安が消え去るなら。いつも甘やかしてくれる彼を、できるならば癒したい。

求められることの喜びと愛しさが、疲れなんて吹き飛ばした。

「ここに座って」

素直にベッドへ腰かけた基也の前に立ち、その腿の上に座るように言われる。しかも向き合うように。

躊躇ってただ立ち尽くしていると、腰に手を回され抱き寄せられる。

「由輝さん」

目を閉じた。好き、と何度も囁かれる。

お互いに疲れているはずなのに、いやだからこそ、昂ぶるのが早い。あっという間にシャツ一枚の姿にされた。基也も上半身裸だ。

わき腹の辺りを撫でられる。身体が跳ねた。引き寄せられ臍《へそ》のくぼみをぺろり、と舐められる。

「んっ、もう……」

じれったいくらいの手つきじゃ物足りない。

左腕を持ち上げられ、二の腕の裏に吸いつかれる。そこから指先まで丁寧に、撫でていく。

意識がそこまでいっている間に、胸の突起に吸いつかれた。右、そして左と交互に繰り返される。

「あっ、やめっ」

歯が当たると、すぐに離れてしまう。じんと痺れだけが肌に残って身をよじる。

「ひっ、くっ……んんっ」

もっと強く。どうにかして欲しい。うまく逃げられず、唇を噛む。体の中に熱が蓄積されていくのが分かる。もどかしさに息が荒くなっていく。

「気持ちいいなら、ちゃんと教えて」

「あっ……気持ち、いい、から」

肩を叩いた。もう立っていられなくて、そのまま基也に跨《また》がるように座り込む。

「じゃあもっと。ね」

手、口、舌のすべてが由輝を追いつめた。

とろとろと煮詰められているみたいだ。自分が果物にでもなって、ジャムになるまで火にかけられ続けているような。

こんなに濃厚な愛撫を受けたことがない。

愛されているのだと伝わってくる。丁寧に、ゆっくりと高められていく官能は、チョコレートのように甘く由輝を包む。

「……基也」

首の後ろに手を回した。一心不乱に由輝の鎖骨に吸いついていた基也は、お気に入りのものを取り上げられた犬のように恨めしげに見上げた。中断されたのが気に入らなかったようだ。

それでも手を止めた彼の頭に手を置き、引き寄せる。伸び上がってきたところで、覚悟を決めた。

抱えていた想いを、言葉にする。

「愛してる」

触れるだけのキス。その場に固まった基也は、やがて手で口元を覆った。

うわっ、に続いて嘘っ、と聞こえた。疑うのか。

折角告白したのに、と睨むと、そこにあったのはもう感極まって泣く寸前のように歪んだ顔だった。

「……由輝さん」

その表情に、こっちが照れた。

この一言でこんなに喜ぶなら、いつでも口にしよう。そう思うほど、くしゃくしゃの顔がかわいらしかったのだ。

「俺も愛してるよ」

顔中舐められそう。くすぐったさに身をよじりながら、自分が抱えていたものを解いてしまおうと更に口を開く。

「決めた。僕も挑戦する」

何、と基也が首を傾げる。その耳を引っ張り、誓った。

「本社に異動したいって、希望を出すよ。新しいところで、頑張ってみる」

変化を恐れず、新しい自分に出会うために。基也がいてくれれば、きっと怖くない。

「うん。俺がついてるよ。大丈夫」

「……そのためには、明日からのフェアの売上が大事なんだ。よろしく頼む」

「え、今そんなこと言うの？」

情けなさそうな顔をしつつ、基也が胸元に顔をすり寄せてくる。愛しさに頬が緩む。

「頑張るよ」

その頭ごと抱きしめ、髪のちくちくとした感触を楽しみながら言った。

「基也が作ったおいしいショコラが、売れないはずがない」

「……ねぇ」

眉を寄せた基也が呟く。

「そんなに俺をあおらないで」

見上げる眼差しはどこか困っているように揺れた。

「あおってないよ」

ただ思っていることを口にした、だけなのに。

「無意識なんだ。うわー、もうかわいい」

頬をぺろりと舐められる。動物じみた仕草に、かわいいのはどっちだと思った。

「あんまりかわいいから今日は上にのせちゃう」

「な、おいっ」

抵抗する間もなく、腰をするりと撫でられた。

「いいじゃん、ね？」

どうやら下から見上げられるのに自分は弱いようだ。拒めない。身じろぐくらいの小さな頷きを返すと、今にも蕩けそうな表情で頬を撫でてくれた。そのまま指が、唇を辿る。

「舐めて」

この指が好きだ。言われるがまま口に含み、指先から舌を這わせ、舐めしゃぶる。

「んっ、いいよ」

指が離れていくのが残念だった。きっと恨めしげに見ていたのだろう、基也がくすりと笑い、その指に口づけた。

自分の唾液で濡れた指を目にするのは恥ずかしい。しかしこれからもっと、恥ずかしいことをされる。

濡れた指が後ろに回った。目を閉じると感覚が鋭くなって、異物感とほぼ同時に喜悦を覚える。

「ん、あ、そこっ」

腰を揺らして刺激をねだった。いきなり感じたことなど初めてで、自分がどれだけ求めていたのかが分かる。

「欲しがってる」

口にされたらもっと反応してしまう。

内壁を辿られ、指紋をつけるかのように捏《こ》ねられる。指が増やされた。首筋に縋りつきながら、その刺激をこの体は確実に悦に変換していく。

下腹部ではお互いのものがこすれ合い、湿った音がしていた。どちらも先端から快楽の雫《しずく》を零している。

「絡みついてくるね。すごい」

言われなくても分かっていた。そこはすっかり蕩けて、もっと強い刺激が欲しいと望んでいる。

「んっ、ふぅ」

鼻から声が抜ける。自分の体がこんなにも制御できないものだと、教え込まれているようだ。

「すごい、……綺麗だよ、由輝さん」

囁く声さえも肌に触れる愛撫に変わる。もうどこもかしこも敏感になりすぎて、呼吸が苦しい。

「そのまま、ね」

指が抜き出たと思ったら、押し当てられたものがゆっくりと入ってくる。昂ぶりの形を教えるように、じっくりと進んでくる。

広げられた入口が、これからの淫らな蹂躙に期待して吸いついた。

「あっ、んっ……すごっ、い……」

一番太い部分を飲み込んでしまうと、自分の体重が後押しした。締めつけながら飲み込む悦楽は、背をしならせても逃がすことができない。

「や、あっ」

粘膜を擦られる感覚は呼吸を忘れさせる。軽く揺さぶられただけで、もう放ってしまいそうだ。

貫かれるものの強烈さに、視界が曇る。かけていた眼鏡がずり落ちた。

「いやらしい顔してる」

眦《まなじり》から零れた液体を吸い取りながら、基也が頭を抱きしめた。

体が変えられていく。年下の、甘やかすのが上手なこの男に。そして心も変わっていくのだ。甘えてもいい相手がいると。

体だけじゃない、心までも満たされる悦楽は、どこまでも深い。

「ここ、いいの？」

「ん、すごく」

素直に口にすると、どうしてこんなに気持ちいいのだろう。

躊躇いはなかった。羞恥心も今日は忘れ、含まされた楔を支点に腰を揺らす。

「じゃあもっと、よくしてあげる」

「えっ」

体がひっくり返された、と認識するより先に、天井が目に入った。

「もと、や……？」

これ以上は無理、というほど足を広げられ、持ち上げられる。膝立ちになった基也が、舌なめずりしたのが分かった。

「ひっ、んんっ」

複雑な形をしたそれが、浅いところをかき回し、こねるように動く。旋回と抽挿《ちゅうそう》がランダムに繰り返され、翻弄される。

いきなりの激しさについていけない。縋るものを求め背中に腕を回した。汗で滑る肌を逃したくなくて爪を立てる。

「あっ、ふかっ、すぎ……」

体の奥深くを突き上げられる。基也の手が欲望に触れ、上下に動かされた。更に先端のくぼみに、指を押しつけられる。

荒々しい動きと裏腹に、触れるだけのキスをされた。

「すごい、感じてるね」

「だって、……好き、……だから」

切れ切れの告白には、蕩けるような囁きが返された。

「俺もだよ」

いつもより低くかすれているのが、欲情しているからだと分かる。体内で基也が更に質量を増したからだ。

「あっ、もうとける、とけちゃう……」

とろり、と自分がとけるのが分かった。

内からも外からも熱を感じて、体がなくなってしまいそう。炙《あぶ》られていくようなその熱さに、基也をくわえこんだ部分がきゅうっと収縮する。

「いいよ、とけても」

指先が先端のぬめりを塗り広げるように動く。締めつけると突き上げられる。繰り返される快楽のリズムに、我を忘れた。

「いい、あ、……ん、もっと」

ねだりながらも、ふと不安になって尋《たず》ねる。

「……あ、ねぇ、基也も気持ち、……いい？」

自分だけじゃいやだ。一緒に気持ち良くなりたい。感じたことを迷うことなく口にする。

「ん、もちろん」

耳の中に尖らせた舌が入ってくる。背を反らして逃げたら、ずんっと突き上げられた。

「ふ、ぅん……」

「最高だよ」

口元を歪めて基也が、唇にキスをくれた。ずれっぱなしの眼鏡を外そうとする手を止めて、位置を直した。

感じている基也の顔が見えないのはいやだ。

「今日聞いたんだけど、由輝さんって、海藤のプリンスって言われてるんだってね」

「あ、それは……昔、雑誌が、勝手に書いただけで」

二の腕に掴まりながらのけぞる。とんでもなく深い部分まで、基也が入ってきたのだ。思わず口が開いた。

「でもぴったり。由輝さんって涼やかで本当にプリンスって感じ」

「そんなこと」

ない、っと首を振る。いっぱいに広がった敏感な入口を、基也の指が揉む。

「ひっ！」

しなると胸元を基也に突き出す形になり、吸いつかれる。歯を立てられ、体内を電流が駆けめぐった。指先がぴくぴくと勝手に動く。もう限界が近い。

近づく絶頂の予感に、身をよじった。腰が揺れる。もうすぐだ。

「こんないやらしいところ、知っているのは俺だけだよね？」

欲望を扱かれ、弾ける寸前で止められた。

「んっ、そう、……っ、はや、く……」

こんな自分がいるなんて、知らなかった。基也が教えてくれなければ、きっと知らないままだった。

「お店ではプリンスなんて呼ばれている由輝さんが、こんなに淫らで欲しがりだって知っているのが俺だけだと思うと、もうとんでもなく気持ちよくてすぐいっちゃいそう」

繋がった部分がじゅぶ、と大きな音を立てた。基也が目を眇《すが》める。

「吸いついてくるよ……」

ほら、と動きを止められると、本当に内壁が穿《うが》たれた屹立に吸いついていくのが分かった。

そしてもっと動けとでもいうように、蠕動《ぜんどう》を繰り返す。

「ああっ」

抜けていく楔を引き止めようと粘膜が痙攣《けいれん》する。基也が苦しそうに顔をしかめた。

「ここも由輝さんが好きなとこだよね」

窄まりの中にある、弱い部分を狙ってじっくりと動かれたら、声をあげて乱れるしかない。

「もっ、いいから。……黙って」

そのポイントをそんなにいやらしく擦られたら、もう息をするのが辛い。早く。もうなんとかして欲しい。溜まった熱で、体から火が出る前に、早く。

「なんで？　教えてあげてるだけじゃん」

セックスの時の基也は、普段と違って少し意地悪だ。ここが好きなんでしょ、と張り出した部分でじっくり擦りあげられる。まるで浮き出した血管さえ分かるほど、形をはっきりと感じた。それだけ締めつけているからだろう。

恥ずかしい。でも、どこか誇らしくもある。

「全部愛してあげる。……体中、全部だよ」

もうこの体に、基也の知らないところなんてない。こんなにも深くじっくり愛されて、甘く、だが確実に、支配されているのだと分かる。

「だからもっともっと、いやらしいことしよ」

首を振る。もう無理だ。これ以上いやらしいことなんてできない。

「ひぁっ」

高々と右足が抱え上げられ、その指を口に含まれる。ぬるぬるした感触に包まれると、全部の指先が丸くなった。

「今きゅっ、となったね」

反応をひとつひとつ口にされて、羞恥に震える。どんな些細な刺激さえも気持ちよくて、遂に泣き出してしまっていた。

「由輝さん、かわいい……」

涙まで吸い取られる。自分が吐く息すら、基也のせいで甘くなってしまいそうだった。

「いらっしゃいませ」

殆ど寝られないまま迎えた、フェア当日。

予想通り『ショコラティエ・ソエジマ』の前には長蛇の列ができ、開店一時間でチョコレートムースが売り切れた。

あっという間だ。あれだけ時間をかけて作ったものが、一瞬で売り切れる。嬉しい反面、少し淋しい気もした。

「すごいですね」

行列の整理に回っていた内村が戻ってきた。

「ああ、予想以上だ」

他店も回ってみたが、通常時より単価が高い商品が売れていると聞く。普段の地下ではあまり数が出ない商品の回転が、予想より早いようだ。

午後に入ってもお客様の数は増え続ける。平日でこれなら、週末はどうなるだろう。不安と期待に胸が高鳴った。

自分が関わった企画が、ここまでお客様を呼べたことは素直に嬉しい。

ガラス張りのブースを囲む行列は途切れない。視線を浴びる中、基也がガトーショコラに粉砂糖をかけて仕上げていく。

その真剣な眼差しを、とても格好良いと思った。そしてこうして仕事している姿を見る度にそう思う自分は、彼を好きすぎると自覚する。

だって、群がる女性たちに、面白くない気分まで覚えてしまうのだ。お客様に嫉妬してどうするのか。

公私混同はいけない。そう思っても、気がつくと基也の方を見てしまう。

少しだけ人が途切れた瞬間、基也が顔を上げた。目が合う。明らかに疲れている顔が、それでもぱっと輝く。

笑顔。不意打ちのそれは、由輝の心を鷲掴みにした。幸せというのは、こんな瞬間のことに違いない。

名残惜しいけれどその場を離れ、売り場を回る。交代で取る短い休憩の間に食事をしてから、再び売り場に戻ろうとした時だった。

「由輝さん」

バックヤードのコンクリートの壁にもたれ、基也が休んでいた。会社のルールに従って、休憩中のバッチをつけてくれている。

「それにしてもすごい人だな。疲れだろう」

「予想以上だったね。今も並んでもらってるよ」

基也は嬉しそうな顔で言って、それから手にしていた小さな箱を開けた。

「食べる？　疲れをとるにはこれが一番だと思うけど」

箱の中にはボンボン・ショコラがあった。

「失敗作で申し訳ない」

言われてみれば確かに形がちょっといびつだ。だけど気になるほどではない。

「いただこうかな」

手を伸ばした時、不意に基也が屈んだ。

「どうした？」

立ちくらみでもしたのか、と視線を合わせて屈んだところで、引き寄せられる。バランス